丁鲁 吴广平 ◎ 译

白话格律

楚辞

中国友谊出版公司

图书在版编目（CIP）数据

白话格律楚辞 / 丁鲁，吴广平译. —— 北京：中国友谊出版公司，2014.11（2022.11重印）
ISBN 978-7-5057-3389-3

Ⅰ．①白… Ⅱ．①丁… ②吴… Ⅲ．①古典诗歌－诗集－中国－战国时代②楚辞－译文 Ⅳ．①I222.3

中国版本图书馆CIP数据核字(2014)第109676号

书名	白话格律楚辞
译者	丁 鲁 吴广平
出版	中国友谊出版公司
发行	中国友谊出版公司
经销	新华书店
印刷	北京中科印刷有限公司
规格	710×1000毫米 16开 20.75印张 165千字
版次	2014年11月第1版
印次	2022年11月第3次印刷
书号	ISBN 978-7-5057-3389-3
定价	49.80元
地址	北京市朝阳区西坝河南里17号楼
邮编	100028
电话	(010) 64678009

版权所有，翻版必究
如发现印装质量问题，可联系调换
电话 (010) 59799930-601

目录 CONTENTS

前言（吴广平） … 1

离骚 … 2

九歌 … 46
- 东皇太一 … 46
- 云中君 … 48
- 湘君 … 48
- 湘夫人 … 54
- 大司命 … 58
- 少司命 … 60
- 东君 … 64
- 河伯 … 68
- 山鬼 … 70
- 国殇 … 72
- 礼魂 … 74

天问 … 76

九章 … 118

惜诵	118
涉江	126
哀郢	132
抽思	138
怀沙	148
思美人	156
惜往日	162
橘颂	170
悲回风	174
远游	186
卜居	206
渔父	212
大招	216
九辩	238
招魂	268
译后记（丁鲁）	297

屈 原

(明) 陈洪绶 绘

前言

吴广平

众所周知,中国先秦诗歌从西周初年(公元前11世纪)到春秋中叶(公元前6世纪)约五百年间,是四言诗发展的黄金时代。这些"先民的歌唱"被周人搜集、整理,编订成我国古代第一部诗歌总集《诗经》。《诗经》以后整整三百年,中国文坛几乎被散文的光辉所笼罩,诗歌则处于沉寂时期。打破这沉寂局面的,乃是天才诗人屈原及其后学宋玉。他们创造了一种具有楚国鲜明地方特色的新诗体。这种诗体就是"楚辞"。"楚辞"和《诗经》迥然不同,它不是集体的歌唱,而是个人的创作;不是现实主义的,而是浪漫主义的;不重自然的写实,而重主观的抒情;不是表现的北国风光,而是表现的南方景象;不是单一的比兴,而是整体的象征;句式不是板滞的四言,而是灵动的杂言;篇章不是回环复沓的短章,而是结构宏大的巨制;风格不是自然质朴,而是弘博丽雅。楚辞鲜明的地方特色,宋代黄伯思在《校定楚辞序》中有经典的概括:"盖屈宋诸骚,皆书楚语,作楚声,纪楚地,名楚物,故可谓之楚辞。"(见《宋文鉴》卷九十二)因为楚辞这种新诗体的代表作,乃是"逸响伟辞,卓绝一世"(鲁迅《汉文学史纲要》)的《离骚》,故后人又称其为"骚体诗"。在中国文学史上往往"风""骚"并称,以"风"来指代《诗经》,以"骚"来指代楚辞。考"楚辞"这一名称,最早见于西汉武帝时期。司马迁《史记·酷吏列传·张汤传》载:"买臣以楚辞与助俱幸,侍中为太中大夫,用事。"汉成帝时,刘向整理古文献,把楚国人屈原、宋玉所创作的骚体诗和汉代人贾谊、淮南小山、东方朔、严忌、王褒、刘向等人所创作的拟骚诗汇编成集,共十六卷,定名为《楚辞》,从此,"楚辞"遂又成为一部诗歌总集的名称。东汉安帝元初初年,王逸给刘向所编的《楚辞》作注,又加进他自己写的一篇《九思》,而命名全书为《楚辞章句》,为十七卷。刘向编的十六卷本《楚辞》久已亡佚,只有王逸的十七卷本《楚辞章句》流传至今,这就是现存最古的《楚辞》注本。《楚辞》一书是中国文学的古老经典,在中国古代浩如烟海的历史文献中具有极其重要的地位。按照传统的经、史、子、集四部文献分类法,《楚辞》属于"集部",向来被称为"集部之祖"。打开中国古代最大的丛书《四库全书》,其中"集部"类的第一部书就是《楚辞》。故四库馆臣称:"集部之目,《楚辞》最古。"(见《四库全书总目提要》卷一四八"集部总叙")由于《楚辞》一书在中国文学史上具有举足轻重的地位,因此研究楚辞的历史绵延悠久,研究楚辞的论著汗牛充栋,并因此形成了一门专门的学问——楚辞学。

作为一种诗歌体式,楚辞源于"楚声""楚歌"。在春秋时代,楚国的音乐和民歌被称为"南风"或"南音"。《左传·成公九年》记载,楚人钟仪在晋鼓琴而操"南音",被誉为"乐操土风,不忘旧也"。战国时楚国的地方乐曲如《涉江》《采菱》《劳商》《九辩》《九歌》《薤露》《阳春》《白雪》等曲目,还都可以从楚辞作品中看到。屈原的《涉江》《九歌》和宋玉的《九辩》,就是借旧题写的新诗。屈原以前的楚地民歌,有刘向《说苑·善说》篇所载楚康王时代(前559-前545年在位)翻译的越族渔家姑娘唱的那首著名的情歌《越人歌》:

今夕何夕兮,搴舟中流?今日何日兮,得与王子同舟?蒙羞被好兮,不訾诟耻。心几烦而不绝兮,得知王子。山有木兮木有枝,心说(悦)君兮君不知!

稍后数十年,又出现了《孟子·离娄上》所引、传为孔子所闻的《孺子歌》:

沧浪之水清兮,可以濯我缨。沧浪之水浊兮,可以濯我足。

这两首诗歌都使用语气词"兮",与后来的楚辞的基本形式相同,乃是楚辞的先导。但这样的民间小调犹如涓涓细流,倘若不被伟大的诗人屈原学习和采用,并创造出"气往轹古,辞来切今,惊采绝艳,难与并能"(《文心雕龙·辨骚》)的《离骚》《九歌》《天问》《九章》等诗作,就不可能形成中国诗歌长河中骚体诗创作的狂潮，成就"一代之文学"。可以毫不夸张地说，屈原的出现，是中国诗坛一次辉煌的日出。

屈原这人，诗人气质很重，多愁善感，富于激情，既理智清醒，又感性迷狂。他的生活、为人，都是诗化的。他爱穿奇装异服，服饰新潮、前卫，年既老而不衰。他制芰荷以为衣，集芙蓉以为裳，头戴着高高的帽子，耳缀着亮亮的明珠，身佩着长长的宝剑，腰系着馥郁的香囊，"佩缤纷其繁饰兮，芳菲菲其弥章"（《离骚》），遍体鲜艳，华美芬芳，走起路来还有佩玉叮当作响。他"朝饮木兰之坠露兮，夕餐秋菊之落英"，"折琼枝以为羞兮，精琼爢以为粻"（《离骚》），"餐六气而饮沆瀣兮，漱正阳而含朝霞"，"吸飞泉之微液兮，怀琬琰之华英"（《远游》），"捣木兰以矫蕙兮，糳申椒以为粮。播江离与滋菊兮，愿春日以为糗芳"（《惜诵》），"吸湛露之浮源兮，漱凝霜之雰雰"（《悲回风》），"登昆仑兮食玉英"（《涉江》），饮清露，含朝霞，吃花粉，食玉英，不食人间烟火，俨然云外神仙。饮食芳洁，十分讲究。用他自己的话说，就是："謇吾法夫前修兮，非世俗之所服。"（《离骚》）所服（服饰和服食）都与世俗之人不一样。他还上天下地，沟通天人，时而飞行天上，时而驰骋人间，能向远古的神女表白感情，能请上古的神巫占卜降神。这一切当然都是象征，是隐喻，并非写实，是以服饰和服食的芳洁来表明自己品性的高洁，用上天下地来表现自己的苦苦求索，用追求神女来象征追求明君，用占卜降神来表现自己内心中的矛盾冲突。但这样的奇思幻想竟出自一位曾担任左徒的高官笔下，却实在令人拍案叫绝、叹为观止！要知道他在位时每天一定都有繁重琐碎的政务，周围又有那么多的奸佞小人影响心情，然而他仍然有天真孩童般的满脑子奇想，花季少女般的一系列追求，这是多么难得的灵性和诗情啊！

屈原是个完美主义者，理想主义者，而现实却又偏偏太黑暗，太残酷。他所处的时代，楚国统治集团已腐败到了极点。信谗弃贤是当时政治腐败的重要标志。"世溷浊而嫉贤兮，好蔽美而称恶。"（《离骚》）"谗人高张，贤士无名。"（《卜居》）政府官员不依法办事，为所欲为，是当时政治腐败的另一重要表现。"固时俗之工巧兮，偭规矩而改错。背绳墨以追曲兮，竞周容以为度。"（《离骚》）不注意道德修养，生活糜烂，道德败坏，是当时贵族个人生活作风腐败的反映。"时缤纷其变易兮，又何可以淹留？兰芷变而不芳兮，荃蕙化而为茅。何昔日之芳草兮，今直为此萧艾也？岂其有他故兮？莫好修之害也。"(《离骚》)官员们欲壑难填、贪得无厌,是当时经济腐败的突出表现。"众皆竞进以贪婪兮,凭不厌乎求索。羌内恕己以量人兮,各兴心而嫉妒。"《离骚》面对楚国腐败的黑暗现实和国势陵迟的危险局面,屈原经常长吁短叹,泪流千行,忧心如焚,苦不堪言。他在诗篇中一再将历朝历代的明君与昏君、清官与贪官对比进行描写:"昔三后之纯粹兮,固众芳之所在。杂申椒与菌桂兮,岂维纫夫蕙茝!彼尧舜之耿介兮,既遵道而得路。何桀纣之昌披兮,夫唯捷径以窘步。"(《离骚》)"启《九辩》与《九歌》兮,夏康娱以自纵。不顾难以图后兮,五子用失乎家巷。羿淫游以佚畋兮,又好射夫封狐。固乱流其鲜终兮,浞又贪夫厥家。浇身被服强圉兮,纵欲而不忍。日康娱而自忘兮,厥首用夫颠陨。夏桀之常违兮,乃遂焉而逢殃。后辛之菹醢兮,殷宗用而不长。汤禹俨而祗敬兮,周论道而莫差。"(《离骚》)通过这一系列的对比,以揭示"为官清,其政兴;为官贪,其政衰"的兴衰成败规律,为楚王提供历史借镜,其用心可谓良苦!针对楚国腐败的社会现实,屈原高唱:"举贤而授能兮,循绳墨而不颇。"(《离骚》)主张举贤授能,将德才兼备的人选拔来掌权;修明法度,将国家的治理纳入法治轨道。他坚持真理、充满理想,"路曼曼其修远兮,吾将上下而求索。"(《离骚》)以改革图强为己任,上下求索,表现出英勇的献身精神。尽管遭受无数挫折和打击,然而屈原忠于祖国、热爱祖国的情怀至死不渝。"陟升皇之赫戏兮,忽临睨夫旧乡。仆夫悲余马怀兮,蜷局顾而不行。"(《离骚》)诗人炽热的爱国之情感人肺腑。他爱美时像个少女,而斗争起来却是一位真正的伟男。"草宪"风波闹得那么大,就在于他出台的宪令包含有惩贪肃腐的重大主题,准备掀起一场"廉政风暴",要和腐朽势力作殊死的斗争,因而触犯了特权阶层的既得利益,所以受到奸佞的诽谤,楚王的流放。"举世皆浊我独清,众人皆醉我独醒,是以见放。"《渔父》)但屈原"董道不豫",坚持与楚国腐朽势力斗争到底!在正义与邪恶的较量、生与死的考验中,他无所畏惧,视死如归。他不讳言死,也不怕死。"亦余心之所善兮,虽九死其犹未悔。""虽体解吾犹未变兮,岂余心之可惩?""宁溘死以流亡兮,余不忍为此态也!""伏清白以死直兮,固前圣之所厚。""阽余身而危死兮,览余初其犹未悔。""既莫足与为美政兮,吾将从彭咸之所居!"(以上《离骚》)"知死不可让,愿勿爱兮。"(《怀沙》)"临沅湘之玄渊兮,遂自忍而沉流。卒没身而绝名兮,惜壅君之不昭。""宁溘死而流亡兮,恐祸殃之有再。不毕辞而赴渊兮,惜壅君之不识!"(《惜往日》)"宁溘死而流亡兮,不忍为此之常愁。"(《悲回风》)"宁赴湘流,葬于江鱼之腹中。"(《渔父》)他以死明志,多次表明他甘愿为反抗黑暗、追求理想而献身!虽然屈原也知道:"骤谏君而不听兮,任重石之何益?"(《悲回风》)但现实太黑暗了,在无可奈何的情况下,他只能以死抗争,别无选择!屈原之所以选择水死,是有象征意义的,就是为了表明自己清白,表明自己和腐朽势力势不两立!赤条条地来,赤条条地去,葬身鱼腹之中,多么清白,多么干净!即使带有尘世的污垢,也被清清的江水洗刷得干干净净!总之,屈原举贤授能、修明法度的美政理想,忠于祖国、至死不渝的爱国感情,坚持真理、勇于求索的献身精神,代表着历史的进步要求和民族的精神脊梁,千百年来哺育和激励了无数的志士仁人和进步作家!"屈原精神"已成为中华民族精神的代表,是永远值得我们骄傲的"民族魂"。

  屈原是楚辞的创始人和代表作家,也是中华民族历史上第一位诗人,一位伟大的爱国诗人。他的作品思想深邃,情感浓郁,构思奇特,想象丰富,意境优美,文辞瑰丽,体现了内容与形式的完美统一。他善于以经天纬地之才,表现各种矛盾与冲突,如《离骚》中表现的生与死、去与留的矛盾与冲突,《九歌》中表现的神与人、圣与俗的矛盾与冲突,《天问》中表现的古与今、明与惑的矛盾与冲突,莫不惊心动魄,震古撼今。屈原开创了中国诗歌由民间集体创作到作家个人创作的新时代。他拉开序幕,即满台精彩。其作品风格不但不重复前人,也不重复自己,呈现出多姿多彩的特征。《离骚》波澜壮阔,幽深隽永;《九歌》迷离飘渺,悱恻绮靡;《天问》恢诡谲怪,瑰丽奇矫;《九章》质朴清新,直率平实;《远游》高蹈飞升,道骨仙风;《大招》夸张渲染,立意高卓;《卜居》《渔父》则韵散结合,迹近赋体。继《诗经》的现实主义之后,屈原开创了浪漫主义的创作方法,大大丰富了我国文学的艺术表现力。他运用大胆的想象、神奇的夸张,交织以古老的神话、优美的传说、原始的宗教、民间的风俗,将历史与现实、神界与人间熔为一炉,创造了一幅幅激动人心的艺术画面,塑造了高大峻洁的自我形象,表现了诗人的崇高理想,形成了神奇谲怪的美学风貌,对后世产生了深远的影响。屈原重视诗歌意象的创造和组合,将《诗经》孤立的比兴手法发展为系统的象征艺术,形成了有机统一的意象系统。正如王逸所说的:"《离骚》之文,依《诗》取兴,引类譬喻。

故善鸟香草，以配忠贞；恶禽臭物，以比谗佞；灵修美人，以媲于君；宓妃佚女，以譬贤臣；虬龙鸾凤，以托君子；飘风云霓，以为小人。"(《楚辞章句·离骚序》)屈原作品中的意象大体可分为三种类型：一是人的意象群，二是物的意象群，三是神的意象群。而每一类意象群内除了某些中性事物外，又有正反对立的两组。屈原"寄情于物"，"托物以讽"，以此来表现肯定或否定的意向和鲜明的爱憎，因而他作品中的意象大多带有浓厚的感情色彩。特别是屈原建构和营造的香草美人意象，芬芳华美，具有经典意义，滋润和沾溉了后世无数作家。屈原作品还常常用男女恋爱婚姻关系来象征政治上的君臣关系，形成了朱熹所谓的"男女君臣之喻"。《离骚》前半篇诗人自比弃妇，后半篇以求女象征求君，均是"男女君臣之喻"整体构思的体现。这不仅符合中国人传统的思维习惯，而且形象生动，表意隽永。《尚书·舜典》云："诗言志，歌永言。"最早对诗歌的功能作出了明确的概括。比起"三代"人的重言志，屈原更重言情。他在《九章·惜诵》中提出了著名的"发愤以抒情"说。这是屈骚美学的灵魂和精髓，也是中国古代悲剧理论的重要主题。屈原乃有心做政治家，而无心当文学家。"愤怒出诗人"。由于在政治上"信而见疑，忠而被谤"，屈原情不自禁地抒发自己的牢骚与愤懑，遂创作出了震撼千古的光辉诗篇，成为中华民族文学史上伟大的诗人。屈原取得了巨大的艺术成就，他的影响是深远的。王逸《楚辞章句叙》称："屈原之词（同'辞'），诚博远矣。自终没以来，名儒博达著造词赋，莫不拟则其仪表，祖式其模范，取其要妙，窃其华藻，所谓金相玉质，百世无匹，名垂罔极，永不刊灭者矣。"刘勰《文心雕龙·辨骚》也指出："其叙情怨则郁伊而易感，述离居则怆怏而难怀，论山水则循声而得貌，言节候则披文而见时。是以枚贾追风以入丽，马扬沿波而得奇。其衣被词人，非一代也。"

　　司马迁《史记·屈原贾生列传》说："屈原既死之后，楚有宋玉、唐勒、景差之徒者，皆好辞而以赋见称，然皆祖屈原之从容辞令，终莫敢直谏。其后楚日以削，数十年竟为秦所灭。"宋玉等人大概只是屈原的后学。唐勒、景差的辞赋今均已佚。宋玉的作品有许多篇流传至今。除《楚辞章句》所收的《九辩》《招魂》两篇为楚辞体诗歌外，《风赋》《高唐赋》《神女赋》《登徒子好色赋》《笛赋》《大言赋》《小言赋》《讽赋》《钓赋》《御赋》，均是赋体文学，且均是散体赋（详参拙著《宋玉研究》上编第五章"著述的真伪"，岳麓书社，2004年9月第1版，第86—111页）。

宋玉是一介寒士。这一身份非常重要。因为屈原是一位大起大落的高官，他传奇性的生活经历，大多数的人是没有的，后来的追随者硬要模仿屈原的创作，就很容易变成空洞的抒情。而宋玉作为一介寒士，他的这一身份和他表现的不平与感伤，倒是最为普遍的人生经历和人生感受。在中国文学史上，宋玉敏感地发现了自然与人生之异质同构关系，通过对自然与人生之双重感伤，开创了中国文学的"伤春"与"悲秋"主题，表现了"贫士失职而志不平"的感伤与哀怨，以及对时代、社会、人生的悲慨。

宋玉的《招魂》结尾开创了中国文学的"伤春"主题，内容如下：

> 献岁发春兮汨吾南征，菉蘋齐叶兮白芷生。路贯庐江兮左长薄，倚沼畦瀛兮遥望博。青骊结驷兮齐千乘，悬火延起兮玄颜烝。步及骤处兮诱骋先，抑骛若通兮引车右还。与王趋梦兮课后先，君王亲发兮惮青兕。朱明承夜兮时不可以淹，皋兰被径兮斯路渐。湛湛江水兮上有枫，目极千里兮伤春心。魂兮归来，哀江南！

宋玉的《九辩》开头开创了中国文学的"悲秋"主题，内容如下：

> 悲哉，秋之为气也！萧瑟兮草木摇落而变衰。憭栗兮若在远行，登山临水兮送将归。泬寥兮天高而气清，寂寥兮收潦而水清。憯凄增欷兮薄寒之中人。怆恍懭悢兮去故而就新，坎廪兮贫士失职而志不平。廓落兮羁旅而无友生，惆怅兮而私自怜。燕翩翩其辞归兮，蝉寂寞而无声；雁廱廱而南游兮，鹍鸡啁哳而悲鸣。独申旦而不寐兮，哀蟋蟀之宵征。时亹亹而过中兮，蹇淹留而无成！

从此以后，"伤春"与"悲秋"乃成为中国文人易患的"季节性情绪低落症"和中国文学绵延不绝的永恒主题。这样的情绪、这样的主题未免低沉、沮丧，甚至消极，但却和封建时代众多落魄文人的情感息息相通，引发了历代文人的共鸣。宋玉的"伤春"与"悲秋"遂奠定了中国文学的感伤主义传统。

"屈平联藻于日月，宋玉交彩于风云。"（《文心雕龙·时序》）"屈宋逸步,莫之能追。"(《文心雕龙·辨骚》)在中国文学史上,屈宋历来并称,两人均被尊为"中国文学之祖"。刘师培说:"中国文学,至周末而臻极盛……而屈、宋楚辞,忧深思远,上承风雅之遗,下启词章之体,亦中国文学之祖也。"(《论文杂记》)陆侃如说:"谁是中国文学之祖?我毫不迟疑的说:屈原与宋玉。他们不但给予楚民族文学以永久的生命,并且奠定了中国文学的稳固的基础。""古代若无屈、宋,则文学史决没有那样灿烂;而楚民族若无屈、宋,则楚文学也决占不到重要的地位。所以,凡研究中国文学的人——尤其研究古代文学的人——都不可不从屈、宋下手。"(《屈原与宋玉》)由此可见,屈原和宋玉在中国文学史上的地位和影响。

传世的《楚辞》,除收入了屈原和宋玉的骚体诗外,还收入了汉代的拟骚诗。汉代人用楚辞形式写作,大都用"代言体",即作者代表屈原、用屈原的口气来叙事和抒情,这就不能不流于矫揉造作、因袭模拟。王逸《楚辞章句》中收入的汉人辞作,较有特色的是贾谊的《惜誓》和淮南小山的《招隐士》,其中《招隐士》尤为后人称道,原因就在于不是对屈原作品的简单模仿。其他几篇汉人辞作,大都辞气平缓,意不深切,有的甚至"如无所疾病而强为呻吟者"(朱熹《楚辞集注·楚辞辨证上》)。因此,本书干脆将这几篇汉人辞作删掉。

有机会与丁鲁教授合作完成这部《白话格律楚辞》,本人倍感荣幸。丁先生是著名的俄罗斯诗歌翻译家。他翻译的《叶甫盖尼·奥涅金》《叶赛宁抒情诗选》《涅克拉索夫诗选》《克雷洛夫寓言诗全集》享誉士林,深受广大读者喜爱。丁先生同时也是著名的新诗格律研究专家,他撰著的学术专著《中国新诗格律问题》被收入季羡林先生主编的《东方文化集成》丛书出版。丁先生还是著名的诗人,创作了许多白话格律诗。这部《白话格律楚辞》正是丁先生白话格律诗理论的艺术实践,凝集了先生的智慧、心血、修养和追求,也生动形象、逼真传神地传达了屈原、宋玉的艺术精髓。我相信,此书一定会受到古典文学工作者和广大诗歌爱好者的喜爱!丁先生是根据我对《楚辞》的校注与理解来翻译的,读者朋友如果在阅读《白话格律楚辞》时遇到对原文理解的疑惑,可以进一步阅读岳麓书社出版的拙著《白话楚辞》和《楚辞全解》。

2014年4月20日
于湖南科技大学中国古代文学与社会文化研究基地

白话格律

楚　辞

离骚（屈原）

帝高阳之苗裔兮，
朕皇考曰伯庸。[1]
摄提贞于孟陬[2]兮，
惟庚寅吾以降。

皇[3]览揆余初度兮，
肇[4]锡余以嘉名：
名余曰正则兮，
字余曰灵均。

纷吾既有此内美兮，
又重之以修能。
扈江离与辟芷兮，
纫秋兰以为佩。

汩余若将不及兮，
恐年岁之不吾与。
朝搴阰之木兰兮，
夕揽洲之宿莽。

日月忽其不淹兮，
春与秋其代序。
惟草木之零落兮，
恐美人之迟暮。

[1] 王闿运《楚辞释》："皇考，大夫祖庙之名，即太祖。伯庸，屈原受姓之祖。"伯庸：即见于《世本》和《史记·楚世家》的句亶王熊伯庸，是屈氏受姓之祖。屈氏之屈即由句亶王之句音转而来。西汉刘向《九叹·逢纷》就说："伊伯庸之末胄兮，谅皇直之屈原。"正是以屈原为伯庸的远末子孙，即以伯庸为屈原的远祖。
[2] 陬（zōu）：角落，山脚。
[3] 皇：即上文"皇考"的省略，指太祖。
[4] 肇："兆"之通假。兆，卦兆。刘向《九叹·离世》："兆出名曰正则兮，卦发字曰灵均。"陈直、闻一多据此以为屈原是卜于皇考之庙而得名。

离骚

我是天帝高阳的苗裔啊,
我的太祖叫作伯庸。
太岁在寅那年的正月,
庚寅日里我降自天穹。

太祖观察我出生的日、时,
就通过卦兆赐给我佳名:
给我的大名叫作正则啊,
给我的表字叫作灵均。

我既富于内在的优秀品质,
又有美好的仪容姿态;
披着江离和僻野的芷草,
系着秋兰结成的饰带。

像担心追不上飞速的激流,
我怕见时光不停地流淌。
我清晨拔取坡上的木兰,
傍晚采集洲头的宿莽。

匆匆的日月不会停留,
春天和秋天彼此轮替。
想到草木的衰败凋零——
我唯恐美人的青春易逝!

不抚壮而弃秽兮，
何不改乎此度？
乘骐骥以驰骋兮，
来吾道夫先路！

昔三后之纯粹兮，
固众芳之所在。
杂申椒与菌桂兮，
岂维纫夫蕙茝[1]！

彼尧、舜之耿介兮，
既遵道而得路。
何桀纣之昌披兮，
夫唯捷径以窘步。

惟夫党人之偷乐兮，
路幽昧以险隘。
岂余身之惮殃兮，
恐皇舆之败绩！

忽奔走以先后兮，
及前王之踵武。
荃不察余之中情兮，
反信谗以齌怒[2]。

余固知謇謇之为患兮，

[1] 茝（chǎi）：古书记载的一种香草。
[2] 齌（jì）怒：暴怒貌。

何不趁壮年弃绝恶行，
改变那不良的行为法度？
快骑上骏马自由地驰骋，
让我来为你在前方引路！

三位先王品德多高尚，
自然有群芳聚会在一起；
汇集着馨香的菌桂和花椒，
何止是缝上蕙草和白芷！

光明正大的唐尧虞舜，
已经踏上了正确的路程；
猖狂放纵的夏桀商纣，
专走邪路啊，寸步难行。

奸党们只知道苟且偷安，
他们面前是险窄的黑路。
我哪里是惧怕自己的灾殃啊——
怕的是君王的舆车会颠覆！

我急急忙忙地跑前跑后，
但愿能赶上先王的步伐。
荃草你不体察我的衷情，
反信了谗言，雷霆大发。

本知道忠言会招灾惹祸啊，

忍而不能舍也。
指九天以为正兮，
夫唯灵修[1]之故也。

初既与余成言兮，[2]
后悔遁而有他。
余既不难夫离别兮，
伤灵修之数化。

余既滋兰之九畹兮，
又树蕙之百亩。
畦留夷与揭车兮，
杂杜衡与芳芷。

冀枝叶之峻茂兮，
愿俟时乎吾将刈。
虽萎绝其亦何伤兮，
哀众芳之芜秽。

众皆竞进以贪婪兮，
凭不厌乎求索。
羌内恕己以量人兮，
各兴心而嫉妒。

忽驰骛以追逐兮，
非余心之所急。
老冉冉其将至兮，

[1] 灵修："灵"和"修"都有"美"与"善"的意思。"灵修"本是妻子对丈夫的美称，这里用来称君王。
[2] 按："初既与余成言兮"句上，原有"曰黄昏以为期兮，羌中道而改路"两句，东汉王逸《楚辞章句》无注，宋代洪兴祖《楚辞补注》疑此二句为后人所增。按《文选》没有这两句，洪兴祖的话是对的。这两句是衍文，已成定论，故删去不译。

我想忍又哪能忍得住呢！
上指苍天来为我作证啊，
都是为灵修你的缘故呢！

当初你已经和我订约，
后来反悔又改变主张。
我早就不害怕疏远别离啊，
只伤心灵修你反复无常！

我已经培育了九畹春兰，
百亩秋蕙也已经种好；
一畦畦播下留夷和揭车，
又套种了杜衡和芳香的芷草。

我期待着芳草能叶茂枝繁，
指望到成熟的季节来收获。
哪怕是枯死又有何妨啊——
我悲的是众芳已经污浊！

众人都竞相钻营利禄，
贪婪的念头决不会满足；
用自己的贪欲去猜度别人，
各自起心把君子嫉妒。

忙于奔走，追名逐利——
这岂是我的心之所急？
老境渐渐地将要到来啊，

摄提贞于孟陬兮,惟庚寅吾以降。

扈江离与辟芷兮,纫秋兰以为佩。

【说明】本书插图选自吴广平先生校注的《楚辞图文本》(岳麓书社2006年7月第1版)。原图均出自《四库全书》本(清)萧云从原绘、门应兆补绘《钦定补绘萧云从离骚全图》。

余既滋兰之九畹兮,又树蕙之百亩。

余虽好修姱以鞿羁兮,謇朝谇而夕替。

恐修名之不立。

朝饮木兰之坠露兮，
夕餐秋菊之落英。
苟余情其信姱以练要兮，
长顑[1]颔亦何伤？

揽木根以结茞兮，
贯薜荔之落蕊。
矫菌桂以纫蕙兮，
索胡绳之纚纚。

謇吾法夫前修兮，
非世俗之所服。
虽不周于今之人兮，
愿依彭咸[2]之遗则。

长太息以掩涕兮，
哀民[3]生之多艰。
余虽好修姱以鞿[4]羁兮，
謇朝谇[5]而夕替。

既替余以蕙纕兮，
又申之以揽茞。
亦余心之所善兮，
虽九死其犹未悔。

[1] 顑颔（kǎn hàn）：面黄肌瘦。
[2] 彭咸：殷朝贤大夫。相传他谏国君不被采纳，投水而死。
[3] 民：即人。
[4] 鞿（jī）：马缰绳。
[5] 谇（suì）：劝谏。

我怕的是美名不能树立!

晨饮春兰滴下的清露,
晚食秋菊掉下的花朵。
只要我真有了美好纯洁的情怀——
长期憔悴又有何不可?

把木兰根采来,系上白芷,
拾薜荔的落蕊串成花环;
用蕙草把菌桂结为辫带,
拿胡绳来搓索非常美观。

我虔诚地效法前代贤人,
风度自然与世俗有异。
哪怕是无法和今人认同啊,
我还是愿学彭咸的先例。

擦拭泪眼长长地叹息——
我哀叹这人生是多么艰难!
因为爱修洁就受到牵累啊,
我早上进谏,晚上就丢官。

我丢官是由于把蕙草佩带,
又因为把玩白芷的芳美。
这些都是我心之所爱啊——
哪怕是九死也不会后悔!

怨灵修之浩荡兮,
终不察夫民[1]心。
众女嫉余之蛾眉兮,
谣诼谓余以善淫。

固时俗之工巧兮,
偭规矩而改错。
背绳墨以追曲兮,
竞周容以为度。

忳郁邑余侘傺[2]兮,
吾独穷困乎此时也。
宁溘死以流亡兮,
余不忍为此态也。

鸷鸟之不群兮,
自前世而固然。
何方圜[3]之能周兮,
夫孰异道而相安?

屈心而抑志兮,
忍尤而攘诟。
伏清白以死直兮,
固前圣之所厚。

悔相道之不察兮,
延伫乎吾将反。

[1] 民:此处是诗人自指,相当于"我"。
[2] 侘傺(chà chì):因失意而精神恍惚貌。
[3] 圜:同"圆"。

怨只怨灵修你荒唐太甚，
始终不了解我的苦心。
众女子嫉妒我的蛾眉，
造谣生事，诬蔑我善淫。

时俗本来就工于机巧，
违反规矩将措施改变；
背弃绳墨，把邪曲追寻，
竞相苟容，形成了习惯。

忧伤烦闷，我失意又彷徨，
偏偏潦倒在这个时候呢；
我宁肯暴死，随水漂流——
做那种姿态我怎么能够呢！

雄鹰不会与凡鸟同群——
自古界线就这么清楚。
方圆不同怎么能契合呀，
异道的人们怎么能共处？

我心情委屈，壮志难伸，
忍受着责难、羞辱的苦痛。
保持清白，为正义牺牲——
本来是前代圣人所看重！

后悔上路时没有细看，
我踌躇不前，准备回返。

回朕车以复路兮,
及行迷之未远。

步余马于兰皋兮,
驰椒丘且焉止息。
进不入以离尤兮,
退将复修吾初服。

制芰荷以为衣兮,
集芙蓉以为裳。
不吾知其亦已兮,
苟余情其信芳。

高余冠之岌岌兮,
长余佩之陆离。
芳与泽其杂糅兮,
唯昭质其犹未亏。

忽反顾以游目兮,
将往观乎四荒。
佩缤纷其繁饰兮,
芳菲菲其弥章。

民生各有所乐兮,
余独好修以为常。
虽体解吾犹未变兮,
岂余心之可惩?

掉转车头我走向归程——
趁迷失的路途还不算太远。

走马在长满兰草的水边,
驰向山丘椒树林休息。
不进仕去招惹小人的怨尤,
我退而重修旧日的服饰。

采摘荷叶来做我的上衣,
收集荷花来做我的下裳。
没有人理解也就算了啊,
只要我内心芳洁就无妨。

让我的高冠更加巍峨,
让长剑更加修长出格。
芳香和污垢混杂难分,
清白的品质却没有减色。

猛然回头来放眼眺望,
我要去观览四面八方——
佩上我美丽纷繁的饰物,
香气扑鼻更沁人心房。

每个人都有喜爱的东西,
我始终爱好的只有修洁。
哪怕是肢解我也不会改变啊,
我的心难道能受人威胁?

步余马于兰皋兮，驰椒丘且焉止息。

不顾难以图后兮，五子用失乎家巷。

女嬃之婵媛兮，申申其詈予。

济沅、湘以南征兮，就重华而陈词。

女嬃之婵媛兮，
申申其詈予。
曰鲧婞直以亡身兮，
终然夭乎羽之野。

汝何博謇而好修兮，
纷独有此姱节？
薋菉葹[1]以盈室兮，
判独离而不服。

众不可户说兮，
孰云察余之中情？
世并举而好朋兮，
夫何茕独而不予听？

依前圣以节中兮，
喟凭心而历兹。
济沅、湘以南征兮，
就重华而陈词。

启《九辩》与《九歌》兮，
夏康娱以自纵。
不顾难以图后兮，
五子用失乎家巷。

羿淫游以佚畋兮，

[1] 薋菉葹（zī lù shī）：薋，通"资"，积累。菉和葹皆野草名。

我姐姐女媭（xū）急得直喘气，
反反复复地把我责怪。
她说："鲧因为刚直忘身，
终于被长囚在羽山的野外。

"你怎么直言又爱好修洁，
独自去讲什么美好的节操？
屋子里堆满了各种草花，
你却不佩带，通通扔掉！

"对众人不可能挨户去说明。
有谁能理解我们的心情？
大家都结党，你却很孤立，
为什么连我的话也不爱听？"

我仿效前圣，公正地做人，
悲愤难平，直至今日。
渡过沅水和湘水南行，
对着舜帝我吐露心迹。

夏启偷来了《九辩》《九歌》，
用它来淫乐，放纵自己；
不计后果，不顾安危——
武观又用它淫乱在宫里。

后羿淫游，沉迷于畋猎，

又好射夫封狐。
固乱流其鲜终兮,
浞又贪夫厥家。

浇身被服强圉兮,
纵欲而不忍。
日康娱而自忘兮,
厥首用夫颠陨。

夏桀之常违兮,
乃遂焉而逢殃。
后辛之菹醢[1]兮,
殷宗用而不长。

汤、禹俨而祗敬兮,
周论道而莫差。
举贤而授能兮,
循绳墨而不颇。

皇天无私阿兮,
览民德焉错辅。
夫维圣哲以茂行兮,
苟得用此下土。

瞻前而顾后兮,
相观民之计极。
夫孰非义而可用兮?

[1] 菹醢（zū hǎi）：将人剁成肉酱。

最喜欢去射肥大的狐狸。
淫乱本来就难得善终，
寒浞（zhuó）又贪恋着他的娇妻。

过浇（guō ào）浑身有一股蛮力，
放纵情欲不能够忍耐；
他忘乎所以，整日寻欢，
终于被人砍掉了脑袋。

夏桀的行为违反常理，
于是就垮台遭受祸殃。
纣王把活人剁成肉酱，
殷朝因此而不能久长。

商汤、夏禹庄重而恭谨，
周朝论道，没什么差错；
选拔贤者，任命能人，
全都遵循一定的绳墨。

皇天对谁都没有偏私，
见谁德高就出力相辅。
只有圣明有德的人君，
才能享有天下的疆土。

考察了前王又观看后代，
做人的标准看得很分明。
不义的事情怎么能去做呀，

孰非善而可服？

阽余身而危死兮，
览余初其犹未悔。
不量凿而正枘兮，
固前修以菹醢。

曾歔欷余郁邑兮，
哀朕时之不当。
揽茹蕙以掩涕兮，
霑余襟之浪浪。

跪敷衽以陈辞兮，
耿吾既得此中正。
驷玉虬以乘鹥兮，
溘埃风余上征。

朝发轫于苍梧兮，
夕余至乎县圃。
欲少留此灵琐兮，
日忽忽其将暮。

吾令羲和弭节兮，
望崦嵫而勿迫。
路曼曼其修远兮，
吾将上下而求索。

不善的事情怎么能去行?

纵使在绝境濒临死亡,
我仍旧不悔当初的志向。
没有量凿眼就削正榫头,
前贤正因此被剁成肉酱!

我内心苦闷,不停地痛哭,
哀叹我没遇上好的时辰。
用柔软的蕙草擦拭眼泪啊——
滚滚的泪水沾湿我衣襟!

跪在衣摆上诉说衷肠,
我得了正道,心中豁亮。
驾着玉龙,乘着凤车,
鼓起尘埃我迎风直上。

清早我就从苍梧出发,
傍晚到昆仑山顶的花园。
想在这仙境稍事停留,
太阳却将落,夜就在眼前。

我要叫羲和莫挥动马鞭,
 望见了崦嵫(yān zī)山,停靠可别急。
前面的道路漫长而遥远啊——
我将为追寻而上天下地!

驷玉虬以乘鹥兮,溘埃风余上征。

鸾皇为余先戒兮,雷师告余以未具。

饮余马于咸池兮,总余辔乎扶桑。

吾令帝阍开关兮,倚阊阖而望予。

朝吾将济于白水兮,登阆风而绁马。

吾令丰隆乘云兮,求宓妃之所在。

溘吾游此春宫兮,折琼枝以继佩。

夕归次于穷石兮,朝濯发乎洧盘。

饮余马于咸池兮,
总余辔乎扶桑。
折若木以拂日兮,
聊逍遥以相羊。

前望舒[1]使先驱兮,
后飞廉[2]使奔属。
鸾皇为余先戒兮,
雷师告余以未具。

吾令凤鸟飞腾兮,
继之以日夜。
飘风屯其相离兮,
帅云霓而来御。

纷总总其离合兮,
斑陆离其上下。
吾令帝阍开关兮,
倚阊阖而望予。

时暧暧其将罢兮,
结幽兰而延伫。
世溷浊而不分兮,
好蔽美而嫉妒。

朝吾将济于白水兮,
登阆风而绁马。

[1] 望舒:神话中月神的车夫。
[2] 飞廉:风神。

让我的马儿在咸池饮水,
把缰绳系在扶桑树上边;
折下若木枝拂拭落日,
我姑且在这里信步留连。

我要派望舒在前头领路,
派飞廉在后面紧跟着我;
凤凰为我去开道戒严,
雷神却告诉我准备还没妥。

我要叫凤鸟展翅飞腾——
不停地翱翔,日以继夜。
旋风也集合,彼此相随,
率领着云霓前来迎接:

成群结队,时分时聚,
异彩纷呈,忽下忽上。
我让门卫快打开帝宫,
他倚着天门却对我冷望。

天黑了,白天又快要过去,
编结着幽兰,我久久伫立。
世道浑浊,善恶不分,
埋没贤才,喜欢妒忌。

到天明我将要渡过白水,
登上阆(làng)风,把马儿拴起。

忽反顾以流涕兮，
哀高丘之无女。

溘吾游此春宫兮，
折琼枝以继佩。
及荣华之未落兮，
相下女之可诒。

吾令丰隆[1]乘云兮，
求宓妃之所在。
解佩纕以结言兮，
吾令蹇修以为理。

纷总总其离合兮，
忽纬繣[2]其难迁。
夕归次于穷石兮，
朝濯发乎洧盘。

保厥美以骄傲兮，
日康娱以淫游。
虽信美而无礼兮，
来违弃而改求。

览相观於四极兮，
周流乎天余乃下。
望瑶台之偃蹇兮，
见有娀之佚女。

[1] 丰隆：雷神兼云神。
[2] 繣（huà）：性情乖戾。

猛然回首我涕泪纵横啊——
哀叹这高丘找不到神女!

我飘然游到青帝的神宫,
攀折琼枝来续我的佩饰。
趁着这鲜花还没有凋零,
把凡间可赠的女子寻觅。

我要叫丰隆驾起云朵,
去为我寻找宓(fú)妃的家门;
解佩带打结来传言致意,
叫钟磬的乐声做我的媒人。

她态度暧昧,若即若离,
忽而闹别扭,固执不化。
夜晚又住到穷石山中,
早上到洧(wěi)盘去洗她的头发。

她仗着美貌目空一切,
成天只知道放荡淫游;
虽然很漂亮却没有教养——
我把她扔下,去别处寻求。

我在天空中观览四极,
游遍了周天又降到大地;
抬头仰望高耸的瑶台,
看见了有娀(sōng)的美女简狄。

吾令鸩为媒兮，
鸩告余以不好。
雄鸠之鸣逝兮，
余犹恶其佻巧。

心犹豫而狐疑兮，
欲自适而不可。
凤皇既受诒兮，
恐高辛之先我。

欲远集而无所止兮，
聊浮游以逍遥。
及少康之未家兮，
留有虞之二姚。

理弱而媒拙兮，
恐导言之不固。
世溷浊而嫉贤兮，
好蔽美而称恶。

闺中既以邃远兮，
哲王又不寤。
怀朕情而不发兮，
余焉能忍而与此终古？

索琼茅以筳篿[1]兮，

[1] 筳篿（tíng zhuān）：古代楚地人占卜的一种方法。

我托鸠鸟去做我的媒人，
鸠鸟却说她长得不美。
雄鸠叫唤着飞去做媒，
我又讨厌它那张巧嘴。

我心中犹豫，狐疑满腹，
想亲自登门又不合礼数。
凤凰既已经送去聘仪，
高辛大概是先我一步。

我想去远方却无处投靠，
就暂且四下里游荡逍遥；
又想趁少康还没有成家，
留下有虞氏两位阿娇。

我派的媒人笨嘴拙舌，
撮合的话语怕是不实在。
世道浑浊，嫉贤妒能，
不说人优点，讲得人很坏。

美人的闺房是如此幽深，
圣哲的君王又沉迷不醒。
满怀衷情无处可倾诉啊——
我哪能这样一辈子老等！

我找来占卜的藑（qióng）茅和竹片，

命灵氛为余占之。
曰:"两美其必合兮,
孰信修而慕之?

思九州之博大兮,
岂惟是其有女?"
曰:"勉远逝而无狐疑兮,
孰求美而释女?

何所独无芳草兮,
尔何怀乎故宇?"
世幽昧以眩曜兮,
孰云察余之善恶?

民好恶其不同兮,
惟此党人其独异!
户服艾以盈要兮,
谓幽兰其不可佩。

览察草木其犹未得兮,
岂珵美之能当?
苏粪壤以充帏兮,
谓申椒其不芳。

欲从灵氛之吉占兮,
心犹豫而狐疑。
巫咸将夕降兮,

叫灵氛为我细算详推。
卜问:"两美必然会结合嘛,
爱他的真美人究竟是谁?

"想到天下是如此广大,
难道除这里就没有美女?"
卜告:"远走吧,不要犹疑,
怀春女怎么会放得下你!

"哪一块地方找不到芳草啊——
你又何必把故乡留恋?"
世道昏暗,真叫人眼迷,
我是好是坏——谁会来分辨!

人们各人有各人的喜爱,
这些小人却特别古怪:
个个把臭艾挂满腰间,
偏要说幽兰不能佩带!

草木的好坏都不能辨别,
鉴赏美玉又哪会在行?
拾取粪土把荷包装满,
反而说申椒没有芳香。

我打算听信灵氛的吉占,
可是心中又疑虑不已。
巫咸将要在晚上降临,

百神翳其备降兮,九疑缤其并迎。

说操筑于傅岩兮,武丁用而不疑。

宁戚之讴歌兮,齐桓闻以该辅。

恐鹈鴂之先鸣兮,使夫百草为之不芳。

折琼枝以为羞兮,精琼靡以为粻。

驾八龙之婉婉兮,载云旗之委蛇。

为余驾飞龙兮,杂瑶象以为车。

陟升皇之赫戏兮,忽临睨夫旧乡。

怀椒糈而要之。

百神翳其备降兮,
九疑缤其并迎。
皇剡剡其扬灵兮,
告余以吉故。

曰:"勉升降以上下兮,
求矩矱之所同。
汤、禹俨而求合兮,
挚、咎繇而能调。

苟中情其好修兮,
又何必用夫行媒?
说操筑于傅岩兮,
武丁用而不疑。

吕望之鼓刀兮,
遭周文而得举。
宁戚之讴歌兮,
齐桓闻以该辅。

及年岁之未晏兮,
时亦犹其未央。
恐鹈鴂[1]之先鸣兮,
使夫百草为之不芳。"

---

[1] 鹈鴂(tí jué):即杜鹃鸟。

为求福我奉上花椒和精米。

百神遮天蔽日地降驾,
九嶷的群山盛装迎迓。
巫咸光焰焰大显神通,
告诉我许多历代的佳话。

他说:"要上天下地地追寻,
去寻找意气相投的贤君。
商汤和夏禹求贤若渴,
伊尹、皋陶(yáo)才得遇知音。

"只要你内心爱好修洁,
又何必去请媒人说合?
傅说(yuè)在傅岩筑过土墙,
武丁用他就毫不疑惑。

"吕望敲着刀当过屠夫,
遇到周文王就得到重用;
宁戚喂牛时唱着怨歌,
齐桓公听了就请他辅政。

"要把握光阴,及时努力,
趁年华未老,来日方长;
当心伯劳鸟叫得太早,
使百草零落,失去芳香。"

何琼佩之偃蹇兮,
众薆然而蔽之。
惟此党人之不谅兮,
恐嫉妒而折之。

时缤纷其变易兮,
又何可以淹留?
兰芷变而不芳兮,
荃蕙化而为茅。

何昔日之芳草兮,
今直为此萧艾也?
岂其有他故兮,
莫好修之害也!

余以兰为可恃兮,
羌无实而容长;
委厥美以从俗兮,
苟得列乎众芳。

椒专佞以慢慆兮,
樧又欲充夫佩帏。
既干进而务入兮,
又何芳之能祗?

固时俗之流从兮,
又孰能无变化?

光辉的琼佩高贵又美丽,
为什么众人要把它遮蔽?
这帮不讲信义的小人啊,
怕会因嫉妒而将其毁弃!

时世动乱,变化无常,
我哪能长期在这里歇脚?
兰、芷全都失掉了芬芳啊,
荃、蕙也已经化为茅草!

为什么昔日芳香的草花,
如今简直就成了臭艾呢?
难道还能有别的原因?——
都是不修洁带来的祸害呢!

我以为兰草十分可靠,
谁知道它却华而不实;
抛弃美质去同流合污——
只求众芳中有它的名字。

花椒专横、谄媚又骄狂,
山茱萸也想挤进香囊。
既然正在为钻营而拼命,
自己又哪能吐露芬芳?

时俗本来就随波逐流,
谁人又能不发生变异?

览椒兰其若兹兮，
又况揭车与江离？

惟兹佩之可贵兮，
委厥美而历兹。
芳菲菲而难亏兮，
芬至今犹未沫。

和调度以自娱兮，
聊浮游而求女。
及余饰之方壮兮，
周流观乎上下。

灵氛既告余以吉占兮，
历吉日乎吾将行。
折琼枝以为羞兮，
精琼靡[1]以为粻。

为余驾飞龙兮，
杂瑶象以为车。
何离心之可同兮？
吾将远逝以自疏。

邅吾道夫昆仑兮，
路修远以周流。
扬云霓之晻蔼兮，
鸣玉鸾之啾啾。

[1] 琼靡（mí）：玉屑。

看看椒、兰尚且是如此啊,
又何况普通的揭车与江离!

只有这琼佩最为可贵,
它被委弃到这步田地,
却芬芳馥郁,历久不衰,
至今还发出浓烈的香气。

我调谐琼佩的鸣锵以自娱,
为寻找美人且逍遥察访。
趁我的佩饰正美盛芳香,
我要在天地间周游观赏。

灵氛既已经告诉我好卦,
我选个吉日就远走他乡。
攀折琼枝做我的肉脯,
精选玉屑做我的干粮。

请为我驾上飞驰的龙马,
用美玉和象牙把舆车装饰。
异心者哪能与之共处啊——
我将去离群索居的远地!

我把行程转向了昆仑,
在漫漫长路上四处遨游。
扬起遮天蔽日的云旗,
玉做的鸾铃鸣声啾啾。

朝发轫于天津兮，
夕余至乎西极。
凤皇翼其承旂兮，
高翱翔之翼翼。

忽吾行此流沙兮，
遵赤水而容与。
麾蛟龙使梁津兮，
诏西皇使涉予。

路修远以多艰兮，
腾众车使径待。
路不周以左转兮，
指西海以为期。

屯余车其千乘兮，
齐玉轪而并驰。
驾八龙之婉婉兮，
载云旗之委蛇。

抑志而弭节兮，
神高驰之邈邈。
奏《九歌》而舞《韶》兮，
聊假日以媮乐。

陟升皇之赫戏兮，

清早从高天的银河启程，
傍晚我就能到达西极。
凤凰的翅膀连着云旗，
高高翱翔，悠闲得意。

我走着，忽然有流沙挡路，
沿着赤水我放慢脚步。
我指挥蛟龙在渡口架桥，
又命令西皇来为我摆渡。

道路遥远，艰难可畏，
我传令众车径相侍卫。
路过不周山向左拐弯，
指定在西海那边相会。

我集合了成千上百的车辆，
玉轮相接，并驾齐驱；
各套八匹矫健的龙马，
竖起随风舒卷的云旗。

降下旗帜，垂下马鞭，
我思绪绵绵，神飞万里。
奏起《九歌》，舞起《九韶》，
且趁机欢娱，其乐无比。

东升的太阳金光熠熠，

忽临睨夫旧乡。
仆夫悲余马怀兮,
蜷局顾而不行。

乱曰:
已矣哉!
国无人莫我知兮,
又何怀乎故都!
既莫足与为美政兮,
吾将从彭咸之所居!

我忽然从高处瞥见故园。
车夫悲伤,马儿也念旧,
曲身回首,不肯向前。

尾声:
算了吧!
国内无人,没谁能了解我呀,
又何必怀念自己的家乡?
既不能与之共行美政啊——
我将走向彭咸居住的地方!

九歌（屈原）

东皇太一

吉日兮辰良,
穆将愉兮上皇。
抚长剑兮玉珥,
璆锵鸣兮琳琅。

瑶[1]席兮玉瑱,
盍将把兮琼芳。
蕙肴蒸兮兰藉,
奠桂酒兮椒浆。

扬枹兮拊鼓,
疏缓节兮安歌,
陈竽瑟兮浩倡。

灵偃蹇兮姣服,
芳菲菲兮满堂。
五音纷兮繁会,
君欣欣兮乐康。

---

[1] 瑶：朱季海《楚辞解故》认为通"蘨",即蘨草。

九歌

东皇太一

吉祥日子啊好时光,
诚心来娱悦你啊——上皇!
手抚长剑啊玉镶的剑鼻,
玎珰的佩玉满目琳琅。

菎草的垫席压着玉镇,
摆设香茅啊多么芬芳。
蕙包的祭肉兰来垫底,
供上桂酒啊献上椒浆。

举槌啊击鼓,
舒开节奏啊曼声歌唱,
吹竽鼓瑟啊声调悠扬。

华服的神灵蹁跹起舞,
香气浓郁啊飘满厅堂。
五音齐奏啊乐声交响,
神君欣欣然快乐又健康。

云中君

浴兰汤兮沐芳,
华采衣兮若英。
灵连蜷兮既留,
烂昭昭兮未央。
謇将憺兮寿宫,
与日月兮齐光。
龙驾兮帝服,
聊翱游兮周章。

灵皇皇兮既降,
猋远举兮云中。
览冀州兮有馀,
横四海兮焉穷。
思夫君兮太息,
极劳心兮忡忡。

湘君

君不行兮夷犹,
蹇谁留兮中洲?
美要眇兮宜修,
沛吾乘兮桂舟。
令沅、湘兮无波,
使江水兮安流。

云中君

兰汤沐浴啊遍体芬芳,
身穿华服啊鲜丽辉煌。
神灵留连在云天之上,
光明灿烂啊无比久长。
你将安稳地居留在寿堂,
要与日月啊共放光芒。
驾龙车啊穿帝服,
你且遨游啊巡视四方。

神光灿灿你降自高空,
忽而又远远地飞向云中。
照耀中华啊意犹未尽,
横越四海啊泽被无穷。
想念神君啊深深叹息,
心神憔悴啊不得安宁。

湘君

迟疑不决啊你还没走,
为了何人你留在中洲?
我精心打扮来把你迎接,
顺流而下我驾来了桂舟。
我要叫沅、湘不起波浪,
我要叫长江静静向前流。

望夫君兮未来，
吹参差兮谁思？

驾飞龙兮北征，
邅吾道兮洞庭。
薜荔柏兮蕙绸，
荪桡兮兰旌。
望涔阳兮极浦，
横大江兮扬灵。

扬灵兮未极，
女婵媛兮为余太息！
横流涕兮潺湲，
隐思君兮陫侧。

桂棹兮兰枻，
斲冰兮积雪。
采薜荔兮水中，
搴芙蓉兮木末。
心不同兮媒劳，
恩不甚兮轻绝。

石濑兮浅浅，
飞龙兮翩翩。
交不忠兮怨长，
期不信兮告余以不闲。

望你来啊你没来,
我吹排箫啊想着谁!

驾着飞龙我正向北行,
改变了我的航向在洞庭。
薜荔为席啊蕙为帐,
溪荪饰桨啊兰饰旌。
遥望涔阳啊极目远浦,
横渡大江啊表表心。

表心啊你不至,
巫女也深深为我叹息。
涕泪横流啊好像小河,
暗暗想你啊心中悲戚!

兰木船舷啊桂木的桨,
斫冰劈雪啊把船行。
你偏到水里去采集薜荔,
又要向树上攀摘芙蓉。
两心不同啊媒妁徒劳,
恩爱不深啊容易变心。

石滩水急啊细浪翻翻,
龙舟在水面飞掠翩翩。
相交不忠啊怨恨长久,
失约啊却告诉我没有空闲!

东皇太一

云中君

大司命　少司命

湘君　湘夫人

朝骋骛兮江皋,
夕弭节兮北渚。
鸟次兮屋上,
水周兮堂下。
捐余玦兮江中,
遗余佩兮澧浦。

采芳洲兮杜若,
将以遗兮下女。
时不可兮再得,
聊逍遥兮容与。

湘夫人

帝子降兮北渚,
目眇眇兮愁予。
袅袅兮秋风,
洞庭波兮木叶下。

登白薠兮骋望,
与佳期兮夕张。
鸟何萃兮𬞟中?
罾何为兮木上?

沅有芷兮澧有兰,
思公子[1]兮未敢言。
荒忽兮远望,

---

[1] 公子:"女公子"的省称,等于说"公主",指湘夫人。胡文英《屈骚指掌》:"古人称女子亦为公子。《左传·庄公三十二年》:'女公子观之。'"

早晨我驰马啊在江岸，
晚上我停车啊在北洲。
鸟栖在屋顶，
水绕着堂流。
抛我的玉玦在长江中，
扔我的佩饰在澧水头。

芳洲上采来了山姜，
想送给你啊姑娘。
良辰啊不可再得，
且逍遥漫步在江旁！

湘夫人

公主啊快降临北洲上，
望眼欲穿我多忧伤。
秋风啊轻拂，
洞庭波涌啊叶飞扬。

踩着白蘋（fán）啊放眼望，
黄昏的约会啊准备停当。——
鸟儿为什么偏聚在水草间？
鱼网为什么偏撒在树顶上？

沅有白芷啊澧有兰，
想念公主啊不敢言。
渺渺茫茫啊望远处，

观流水兮潺湲。

麋何食兮庭中？
蛟何为兮水裔？
朝驰余马兮江皋，
夕济兮西澨。
闻佳人兮召予，
将腾驾兮偕逝。

筑室兮水中，
葺之兮荷盖。
荪壁兮紫坛，
播芳椒兮成堂。
桂栋兮兰橑，
辛夷楣兮药房。

罔薜荔兮为帷，
擗蕙櫋兮既张。
白玉兮为镇，
疏石兰兮为芳。
芷葺兮荷屋，
缭之兮杜衡。

合百草兮实庭，
建芳馨兮庑门。
九嶷缤兮并迎，
灵之来兮如云。

江流缓缓啊向天边。

麋怎会觅食在庭院中？
蛟怎会浮游在浅水畔？
早上我驱马在江边，
傍晚我渡江到西岸。
只要佳人啊你叫我，
我将会跃马和你相伴。

房子啊建在水中央，
荷叶盖在房顶上；
紫贝砌庭啊荪做墙，
播撒花椒抹厅堂；
木兰的橡子桂木的梁，
辛夷门框啊白芷房；

编结薜荔啊做帷帐，
剖开蕙草啊挂檐旁；
摆好白玉镇席角，
撒下石兰啊多芳香；
白芷、荷叶啊盖屋顶，
杜衡啊缠绕在四方。

采集百草啊布中庭，
陈放香花啊满屋门。
九嶷群山啊盛装迎，
众神齐降啊多如云。

捐余袂兮江中，
遗余褋兮澧浦。
搴汀洲兮杜若，
将以遗兮远者。
时不可兮骤得，
聊逍遥兮容与。

大司命

广开兮天门，
纷吾乘兮玄云。
令飘风兮先驱，
使涷雨兮洒尘。

君回翔兮以下，
逾空桑兮从女。
纷总总兮九州，
何寿夭兮在予！

高飞兮安翔，
乘清气兮御阴阳。
吾与君兮齐速[1]，
导帝之兮九坑[2]。

灵衣[3]兮被被，
玉佩兮陆离。

[1] 齐速：郭在贻《楚辞解诂》认为当读作"齐遬"，虔诚而恭谨的样子。
[2] 九坑（gāng）：即"九冈"。
[3] 灵衣："云衣"之误。

我把袂袖啊扔在江心,
单衣啊丢在澧水滨。
采集山姜在河洲上,
要把它送给远方的人。
今日良辰啊不多得,
我悠闲漫步啊且开心。

大司命

快敞开啊天门,
我纷纭的车马是乌云。
我命令旋风做先导,
又叫暴雨来洗尘。

神君盘旋啊降临,
我翻过空桑来跟着你。
九州无数的百姓,
生死啊握在我手里!

高飞啊缓缓翱翔,
驾清气啊掌阴阳。
我随你恭迎上帝,
引他游天下的众山冈。

云衣啊长袖飘飞,
玉佩啊耀眼生辉。

壹阴兮壹阳,
众莫知兮余所为。

折疏麻兮瑶[1]华,
将以遗兮离居。
老冉冉兮既极,
不寖近兮愈疏。

乘龙兮辚辚,
高驰兮冲天。
结桂枝兮延伫,
羌愈思兮愁人。

愁人兮奈何!
愿若今兮无亏。
固人命兮有当,
孰离合兮可为?

少司命

秋兰兮麋芜,
罗生兮堂下。
绿叶兮素枝,
芳菲菲兮袭予。
夫人自有兮美子,
荪何以兮愁苦?

[1] 瑶:通"藃"(参朱季海《楚辞解故》)。

时暗啊时亮,
众人不知道我的所为。

折下神麻啊蕗草花,
准备送给远方的他。
衰老啊渐渐到来了,
不亲近更加会疏远他。

龙车啊响声隆隆,
他高高地冲向天空。
我编桂枝啊久等,
越思念越是愁人。

发愁啊有什么用处?
只望他身体平安。
人寿啊本来有长短,
和离合有什么相干!

少司命

秋兰、蘪芜啊一丛丛,
长遍堂下扎根深。
绿的叶啊白的花,
芳香扑鼻沁我心。
人人自有好儿女,
你何必为他去伤神!

秋兰兮青青，
绿叶兮紫茎。
满堂兮美人，
忽独与余兮目成。

入不言兮出不辞，
乘回风兮载云旗。

悲莫悲兮生别离，
乐莫乐兮新相知。

荷衣兮蕙带，
倏而来兮忽而逝。
夕宿兮帝郊，
君谁须兮云之际？

与女沐兮咸池，[1]
晞女发兮阳之阿。
望美人兮未来，
临风怳兮浩歌。

孔盖兮翠旌，
登九天兮抚彗星。
竦长剑兮拥幼艾，
荪独宜兮为民正。

[1] 按："与女沐兮咸池"句上，原有"与女游兮九河，冲风至兮水扬波"两句，东汉王逸《楚辞章句》无注，宋代洪兴祖《楚辞考异》说"古本无此二句"，实系《河伯》篇的词句窜入本篇，故删去不译。

秋兰茂盛花正多，
绿叶紫茎一棵棵。
满堂啊都是美男子，
忽对我一人送秋波。

来不言语去不辞，
乘着旋风张云旗。

悲莫悲于生别离，
乐莫乐于新相知。

荷花的衣裳蕙草的带，
忽然走了忽然回。
晚上在天国郊外睡，
你在云端啊等着谁？

想和你洗头在咸池，
晒你的头发在向阳坡。
盼望美人啊人不见，
迎风恍惚唱悲歌。

孔雀翎车盖翠鸟毛旌，
你登上九天握彗星。
抱着幼儿抓着剑，
主宰百姓啊你真行！

东君

暾将出兮东方,
照吾槛兮扶桑。[1]
抚余马兮安驱,
夜皎皎兮既明。

驾龙辀兮乘雷,
载云旗兮委蛇。
长太息兮将上,
心低徊兮顾怀。
羌声色兮娱人,
观者憺兮忘归。

缊瑟兮交鼓,
箫钟兮瑶簴。
鸣篪兮吹竽,
思灵保兮贤姱。
翾飞兮翠曾,
展诗兮会舞。

应律兮合节,
灵之来兮蔽日。

青云衣兮白霓裳,
举长矢兮射天狼。
操余弧兮反沦降,

[1] 槛:栏杆。扶桑:神话中长在东方日出之处的神树。在这里被诗人想象为太阳神所居宫殿的栏杆。

东君

红日啊将出东方,
照着我的栏杆——扶桑。
我拍着马儿缓步走,
夜色消隐啊天已亮。

驾龙车啊乘雷霆,
舒卷的旗帜是流云。
长叹一声上天去,
踌躇眷恋啊满我心。
歌甜舞美惹人醉,
看得我忘了回天门。

弹瑟敲鼓把钟叩,
摇动钟架响得欢;
吹着篪,吹着竽,
想念神巫美又贤。
轻飞慢转猛一跃,
唱诗配舞啊乐无边。

歌合律,舞合节,
满天神灵把你接。

青云上衣啊白霓裳,
手举长箭啊射天狼。
挽着雕弓往西降,

东君

国殇

河伯　　　　　　　　　　　　　山鬼

援北斗兮酌桂浆。
撰余辔兮高驰翔,
杳冥冥兮以东行。

河伯

与女游兮九河,
冲风起兮横波。
乘水车兮荷盖,
驾两龙兮骖螭。

登昆仑兮四望,
心飞扬兮浩荡。

日将暮兮怅忘归,
惟极浦兮寤怀。

鱼鳞屋兮龙堂,
紫贝阙兮朱宫。
灵何为兮水中?

乘白鼋兮逐文鱼,
与女游兮河之渚,
流澌纷兮将来下。
子交手兮东行,
送美人兮南浦。
波滔滔兮来迎,
鱼邻邻兮媵予。

抓起北斗啊舀桂浆。
紧握缰绳高高驰骋,
幽暗中我又奔东方!

河伯

和你一道游九河,
暴风骤起涌洪波。
两龙驾辕螭配合,
蹚水的车子盖绿荷。

登上昆仑啊望四方,
胸襟开阔神飞扬。

天晚惆怅忘回还,
心思只在远水边。

鱼鳞盖屋画龙的厅,
紫贝望台珍珠宫,
神君啊你为何住水中?

追逐文鱼我骑白鼋,
和你漫游在河洲间,
流冰纷纷啊拥向前。
你我携手啊向东去,
送你到南方河岸边。
波浪滔滔来迎接,
文鱼列队啊送我还。

山鬼

若有人兮山之阿，
被薜荔兮带女萝。

既含睇兮又宜笑，
子慕予兮善窈窕。

乘赤豹兮从文狸，
辛夷车兮结桂旗。
被石兰兮带杜衡，
折芳馨兮遗所思。
余处幽篁兮终不见天，
路险难兮独后来。

表独立兮山之上，
云容容兮而在下。
杳冥冥兮羌昼晦，
东风飘兮神灵雨。
留灵修兮憺忘归，
岁既晏兮孰华予？

采三秀兮於山[1]间，
石磊磊兮葛蔓蔓。
怨公子[2]兮怅忘归，
君思我兮不得闲。

[1] 於（wū）山：即巫山。
[2] 公子：等于说"公主"，指山鬼，即巫山神女。

山鬼

有个人儿啊在山窝,
身披薜荔啊系女萝。

眼含秋波脸带笑,
你爱我身材很美妙。

赤豹驾辕啊跟花狸,
辛夷做车桂结旗。
石兰披肩杜衡系,
香花啊送给我所思。
竹林深处我不见天,
山路太险啊到得迟。

巍然独立高山上,
脚下云烟正飘荡。
白昼昏黑无日光,
东风骤起神雨降。
留住你啊乐忘归,
老了啊谁还会说我漂亮?

采集灵芝巫山间,
乱石成堆葛蔓延。
怨你啊怨得忘回家,
你想我嘛——就没空闲。

山中人兮芳杜若，
饮石泉兮荫松柏。
君思我兮然疑作。

雷填填兮雨冥冥，
猿啾啾兮狖夜鸣。

风飒飒兮木萧萧，
思公子兮徒离忧。

国殇

操吴戈兮被犀甲，
车错毂兮短兵接。

旌蔽日兮敌若云，
矢交坠兮士争先。

凌余阵兮躐余行，
左骖殪兮右刃伤。

霾两轮兮絷四马，
援玉枹兮击鸣鼓。
天时怼兮威灵怒，
严杀尽兮弃原野。

出不入兮往不反，

山里的人儿像香杜若,
松柏遮阳把泉水喝。
你想我吗?——我很疑惑。

雷声隆隆雨迷蒙,
猿啼啾啾响夜空。

风声飒飒叶飘飘,
想你啊白白添烦恼!

国 殇

握吴戈,披犀甲,
车轮交错相厮杀。

敌如云,旗蔽天,
飞箭如雨士争先。

侵我阵地乱我行,
边马一死一受伤。

埋车系马拼死闯,
玉槌击鼓震天响。
天色将晚神威奋,
全军捐躯在沙场。

壮士一去不回返,

平原忽兮路超远。

带长剑兮挟秦弓,
首身离兮心不惩。
诚既勇兮又以武,
终刚强兮不可凌。
身既死兮神以灵,
子魂魄兮为鬼雄。

礼魂

成礼兮会鼓,
传芭兮代舞。
姱女倡兮容与。
春兰兮秋菊,
长无绝兮终古。

礼魂

原野迷茫路遥远。

带长剑，挟秦弓，
身首分离志不平。
武艺高超人英勇，
始终刚强不可凌。
身躯虽死精神在，
你的魂魄啊化鬼雄！

礼 魂

祭礼完毕齐敲鼓，
传递鲜花轮番舞，
美女长歌细倾吐。
春有兰花秋有菊，
祭祀不绝啊——传千古！

天问（屈原）

曰：
遂古之初，
谁传道之？
上下未形，
何由考之？

冥昭瞢暗，
谁能极之？
冯翼惟像，
何以识之？

明明暗暗，
惟时何为？
阴阳三合，
何本何化？

圜则九重，
孰营度之？
惟兹何功，
孰初作之？

斡维焉系，
天极焉加？
八柱何当，

天问

请问：
远古开始的情形，
谁把它告诉后人？
天地还没有形成，
根据什么去考寻？

明暗都分不清楚，
谁能够说个究竟？
混沌翻滚的一团，
凭着什么去辩认？

分出了白天黑夜，
又是为什么原因？
阴阳渗合为万物，
是怎么起源和派生？

圆圆的九层天盖，
谁能围着它量度？
这是多大的工程啊，
当初是谁来建筑？

是怎样拴住斗柄？
是怎样架住天顶？
八柱又怎样擎天？

东南何亏?[1]

九天之际,
安放安属?
隅隈多有,
谁知其数?

天何所沓?
十二焉分?
日月安属?
列星安陈?

出自汤谷,
次于蒙汜。
自明及晦,
所行几里?

夜光何德,
死则又育?
厥利维何,
而顾菟[2]在腹?

女歧无合,
夫焉取九子?
伯强何处?
惠气安在?

[1]《淮南子·天文训》云:"昔者共(gōng)工与颛顼(zhuān xū)争为帝,怒而触不周之山,天柱折,地维绝。天倾西北,故日月星辰移焉;地不满东南,故水潦尘埃归焉。"因此出现了女娲补天的传说。

[2] 顾菟:汤炳正《楚辞今注》认为即"於菟"(wū tú)。《左传·宣公四年》载楚人"谓虎於菟"。中原地区本有月中有兔的传说,传入楚地之后,演化为月中有虎的神话。

东南又为何亏损?

九天的各个边沿,
是怎么靠紧、连住?
那么多曲折的角落啊,
谁知道它们的数目?

天地在哪里会合?
十二辰怎样划分?
日月依托在哪里?
群星在哪里并陈?

太阳从旸谷出来,
在蒙水边上降落,
从天亮走到天黑,
有多少里程要经过?

月亮得什么神药,
死了能复活、重圆?
肚子里装了只老虎,
有什么好处可言?

女歧并没有丈夫,
哪来的九个孩子?
厉风伯强在何方?
寒冷的惠气在哪里?

何阖而晦?
何开而明?
角宿未旦,
曜灵安藏?

不任汩鸿,
师何以尚之?
佥曰何忧,
何不课而行之?

鸱龟曳衔,[1]
鲧何听焉?
顺欲成功,
帝何刑焉?

永遏在羽山,
夫何三年不施?
伯禹愎[2]鲧,
夫何以变化?

纂就前绪,
遂成考功。
何续初继业,
而厥谋不同?

洪泉极深,
何以填之?

[1] 据王昆吾《楚宗庙壁画鸱龟曳衔图》(载《中国文化》第八辑)一文考证,"鸱龟曳衔"说的是鸱龟夜间相曳而运日的古老故事。在中国上古神话传说中,鸱和龟共同承担了在黑夜中将太阳自西方(或北方)运往东方的任务。
[2] 愎:通"腹",肚子。

关天门为什么天黑?
开天门为什么天亮?
东方没发白之前,
太阳在哪里躲藏?

鲧如果治不了洪水,
众人为什么荐他?
大家说不必担心,
怎么不先加考察?

夜里运太阳靠鸱、龟,
鲧哪有什么圣明?
治水的大功将告成,
上帝怎么要加刑?

为什么久囚在羽山,
又多年不施刑律?
鲧腹中生出个禹来,
是怎么演变化育?

禹继承鲧的事业,
终于取得了成功。
为什么子承父业,
用的方法却不同?

深不见底的洪水,
禹用了什么去平它?

地方九则,
何以坟之?

河海应龙?
何尽何历?

鲧何所营?
禹何所成?
康回冯怒,
地何故以东南倾?

九州安错?
川谷何洿?
东流不溢,
孰知其故?

东西南北,
其修孰多?
南北顺椭,
其衍几何?

昆仑县圃,
其尻安在?
增城九重,
其高几里?

四方之门,

地上的土壤有九等,
禹根据什么去分它?

应龙为什么划地?
河怎能疏导到海里?

什么是鲧所筹划?
什么是禹所完成?
为什么共工一怒,
大地就要向东南倾?

九州是怎样安排?
河谷是怎样挖出?
江河流不满东海,
谁知道它的缘故?

东西和南北相比,
哪边的距离更长?
南北形成了椭圆,
又有多大的地方?

昆仑山上的悬圃,
究竟坐落在何处?
山顶的九层增城,
有多少里路的高度?

四方的九座天门,

其谁从焉？
西北辟启，
何气通焉？

日安不到？
烛龙何照？

羲和之未扬，
若华何光？

何所冬暖？
何所夏寒？
焉有石林？
何兽能言？

焉有龙虬[1]，
负熊以游？

雄虺九首，
倏忽焉在？
何所不死？
长人何守？

靡萍九衢，
枲华安居？
灵蛇吞象，
厥大何如？

[1] 龙虬：原作"虬龙"，今依朱熹注和王力《楚辞韵读》改。

什么人从这里穿行?
西北的门户敞开,
什么风从这里贯通?

太阳光哪里不到?
又何须烛龙来照耀?

羲和还没把鞭扬,
若木花怎么会放光?

什么地方有暖冬?
什么地方有凉夏?
哪里有玉石的树林?
野兽怎么能说话?

无角的虬龙在哪里
驮着黄熊去游戏?

九个脑袋的雄蛇,
在何处飘忽往还?
何处是不死之乡?
长寿人有什么仙丹?

九个杈枝的靡萍,
和枲花长在何处?
能吞下大象的巴蛇,
大到了什么地步?

康回冯怒东南倾,增城九重西北辟。

烛龙

焉有石林？何兽能言？

黑水玄趾，三危安在？延年不死，寿何所止？鲮鱼何所？魃堆焉处？

黑水玄趾，
三危安在？
延年不死，
寿何所止？

鲮鱼[1]何所？
鬿堆[2]焉处？
羿焉彃日？
乌焉解羽？

禹之力献功，
降省下土四方。
焉得彼涂山女，
而通之于台桑？

闵妃匹合，
厥身是继。
胡为嗜不同味，
而快朝饱？

启代益作后，
卒然离蠥[3]。
何启惟忧，
而能拘是达？[4]

皆归射鞠，

[1] 鲮（líng）鱼：《山海经》中陆居的怪鱼，其原型即穿山甲。
[2] 鬿（qí）堆：即鬿雀，《山海经》中食人的怪鸟。
[3] 蠥（niè）：古同"孽"。
[4] 拘：拘执。达：通"挞"，击的意思。这句是说益拘执、挞击启的生魂。

染黑脚趾的黑水
与三危山坐落何方?
长生不死的人们,
寿命究竟有多长?

鲮鱼在何处栖身?
魃堆又生活在哪里?
羿怎样射下太阳,
叫金乌解羽而死?

禹治水有了功绩,
降巡下土四方,
怎么能得到涂山氏女子,
和他幽会在台桑?

男女婚配结合,
是为了延续后代,
为什么爱欲不同,
却贪图一时的欢快?

启取代益做了国君,
突遭妖孽加身,
为什么启陷入危境,
被益拘、击灵魂?

皮靶子射满箭头,

而无害厥躬。
何后益作革,
而禹播降?

启棘宾商,
《九辩》《九歌》。
何勤子屠母,
而死分竟地?

帝降夷羿,
革孽夏民。
胡射夫河伯,
而妻彼雒嫔?

冯珧利决,
封豨是射。
何献蒸肉之膏,
而后帝不若?

浞娶纯狐,
眩妻爰谋。
何羿之射革,
而交吞揆之?

阻[1]穷西征,
岩何越焉?
化为黄熊,

[1] 阻:通"徂"。

夏启却没受到伤害。
为什么益做了箭靶，
禹却能保佑他后代？

启杀了妇女祭天，
求《九辩》《九歌》的乐曲，
旱神启为何杀母，
分尸四境来求雨？

上帝叫羿降临人世，
为的是解救夏民。
羿为何射瞎河伯，
霸占他妻子洛神？

套扳指拉满大弓，
把硕大的野猪射死，
为什么供上蒸熟的肥肉，
上帝却并不欢喜？

浞勾引羿妻纯狐，
共谋把后羿算计。
羿能够射穿厚革，
怎么会被他们吞噬？

后羿往穷石西行，
险阻如何能越过？
他变成一头黄熊，

巫何活焉？[1]

咸播秬黍，
莆雚是营。
何由并投，
而鲧疾修盈？

白蜺婴茀，
胡为此堂？
安得夫良药，
不能固臧？

天式从横，
阳离爰死。
大鸟何鸣，
夫焉丧厥体？

萍号[2]起雨，
何以兴之？
撰体协胁，
鹿何膺之？

鳌戴山抃，
何以安之？
释舟陵行，
何之迁之？

[1] 此四句旧说以为是说鲧的神话，而叶舒宪《英雄与太阳》一书认为是说羿的神话。羿"化为黄熊"的变形情节正是人类学上所谓"仪式性改变身份"的象征表现，其实质是让来自尘世的、犯有罪过的即污秽不洁的羿"象征性"地死去，而由主持这仪式的神巫所"复活"了的则是焕然一新的、洁净的羿。
[2] 萍号（píng háo）：神话中的雨师。

又怎样被巫师救活?

羿和鲧都播过木禾,
收获的都是杂草;
为什么同样播种,
鲧的罪却没能减少?

白霓裳、贝壳的首饰——
嫦娥为什么盛装?
为什么羿弄来良药,
却不能好好保藏?

自然的法则难违,
太阳鸟悲哀地死去。
这神鸟为什么鸣叫啊?
躯体又怎么会丧失?

雨师萍号能生雨,
是怎样来发动呢?
鸟鹿合体的风伯,
又怎样来响应呢?

巨鳌顶着山起舞,
山怎么能稳定呀?
过浇会陆地行舟,
船怎么能移动呀?

惟浇在户,
何求于嫂?
何少康逐犬,
而颠陨厥首?

女歧缝裳,
而馆同爰止。
何颠易厥首,
而亲以逢殆?

汤[1]谋易旅,
何以厚之?
覆舟斟寻,
何道取之?

桀伐蒙山,
何所得焉?
妹嬉何肆,
汤何殛焉?

舜闵在家,
父何以鳏?
尧不姚告,
二女何亲?

厥萌在初,
何所亿焉?

[1] 汤:闻一多《楚辞校补》据牟廷相说,认为是"浇"的讹字。

浇来到寡嫂门口，
对她有什么要求？
为什么少康放狗，
竟能将过浇砍头？

女歧替浇来缝下衣，
两个人睡到了一起。
怎么会砍错了脑袋，
让女歧惨遭横死？

浇谋划制造甲胄，
怎么去加固它们？
面对斟寻的舟船，
怎么去颠覆它们？

夏桀去征伐蒙山，
得到了什么尤物？
妹嬉有哪些过失，
商汤要把她放逐？

舜母明明在家里，
他父亲怎么打单身？
帝尧不告诉舜母，
怎么让女儿们成亲？

人类当初的情形，
谁能够推测知道？

璜台十成，
谁所极焉？

登立为帝，
孰道尚之？[1]
女娲有体，
孰制匠之？

舜服厥弟，
终然为害。
何肆犬豕[2]，
而厥身不危败？

吴获迄古，
南岳是止。
孰期去斯，
得两男子？

缘鹄饰玉，
后帝是飨。
何承谋夏桀，
终以灭丧？

帝乃降观，
下逢伊挚。
何条放致罚，
而黎服大说？

[1] 闻一多《天问疏证》认为"登立为帝，孰道尚之"这两句"言女娲登璜台而立为帝，其台高如此，女娲何由上之也"。
[2] 肆犬豕：闻一多《楚辞校补》认为即"渫犬矢"，亦即"浴狗屎"。据《列女传·有虞二妃》记载，舜父瞽叟和后母、象三人密谋，假意请舜去喝酒，准备灌醉了舜将他杀死。舜的两个妃子娥皇、女英于是给舜一包药，让他拌上狗屎洗个澡。舜照此办了，第二天喝酒始终不醉，因而免遭杀身之祸。用狗屎洗澡，即以秽物禳灾，是一种巫术行为。

十层的玉石高台,
谁能够把它建造?

女娲登位做帝王,
从哪里攀上这高台?
女娲自己的形体,
是由谁制造出来?

舜听从他的弟弟,
却老受象的谋害。
为什么狗屎洗澡,
舜就能保全无碍?

吴得以长久立国,
在南岳一带存身,
谁知道其中的原因
是得到了两个贤人?

伊尹献天鹅和玉膏,
让天帝尽情享用。
为什么帮夏桀谋划,
桀却会亡国丧命?

天帝下人间访查,
遇见伊尹在那里。
从鸣条放逐了夏桀,
为什么黎民大喜?

禹娶涂山女娇,启得《九辩》《九歌》。

羿射河伯,妻彼雒嫔。

越岩西征,化为黄熊。

何少康逐犬,而颠陨厥首?

蓱号起雨,飞廉兴风。鳌戴山抃,释舟陵行。

吴获迄古,得两男子。

简狄在台,
喾何宜?
玄鸟致贻,
女何喜?

该秉季德,
厥父是臧。
胡终弊于有扈,
牧夫牛羊?

干协时舞,
何以怀之?
平胁曼肤,
何以肥之?

有扈牧竖,
云何而逢?
击床先出,
其命何从?

恒秉季德,
焉得夫朴牛?
何往营班禄,
不但还来?

昏微遵迹,

简狄在九层的瑶台,
帝喾怎么去行聘?
燕子把蛋送给简狄,
她吞了怎么就受孕?

王亥秉承父德,
像王季一样善良,
为什么死在有易,
还失掉了牧夫和牛羊?

王亥执盾牌跳舞,
怎能把女人引诱?
那女人丰胸细肤,
哪来这一身肥肉?

有易的那个牧人,
怎么会碰见他们?
杀到床上却跑了,
他怎能保命而奔?

王恒也秉承父德,
从哪儿弄牛来拉套?
为什么去求爵禄,
就再也没人能见到?

上甲微走先人老路,

有狄不宁。
何繁鸟萃棘，
负子肆情？

眩弟并淫，
危害厥兄。
何变化以作诈，
而后嗣逢长？

成汤东巡，
有莘爰极。
何乞彼小臣，
而吉妃是得？

水滨之木，
得彼小子。
夫何恶之，
媵有莘之妇？

汤出重泉，
夫何罪尤？
不胜心伐帝，
夫谁使挑之？

会朝争盟，
何践吾期？
苍鸟群飞，

打得有易不安宁。
为什么猫头鹰落上枣树——
母子竟有了奸情?

王恒在有易也纵淫,
给了他兄长以伤害。
为什么诡诈的恶人,
反而有昌盛的后代?

成汤去东方巡视,
直到有莘国为止;
为什么想要那小臣,
却得了个美丽的妃子?

在水边空心的树里,
捡到个初生的娃娃,
有莘氏怎么会嫌他,
要拿来给女儿陪嫁?

汤被放出了水牢,
可是他有什么罪过?
他本来没想伐桀,
谁能够把他挑拨?

会师时争相盟誓,
何以能信守约期?
将士像成群的苍鹰,

孰使萃之?

列击纣躬,
叔旦不嘉。
何亲揆发,
定周之命以咨嗟?

授殷天下,
其位安施?
反成乃亡,
其罪伊何?

争遣伐器,
何以行之?
并驱击翼,
何以将之?

昭后成游,
南土爰底。
厥利惟何,
逢彼白雉?

穆王巧挴,
夫何为周流?
环理天下,
夫何索求?

谁能够叫他们聚齐?

武王猛击纣尸,
周公并不称赞;
亲自为武王谋划,
为什么奠定了周朝的国运却又慨叹?

上帝给殷人天下,
怎么又变更王位?
建了国又叫它灭亡,
又是因何人之罪?

争着去使用武器,
该怎么组织进行?
两军并进夹击,
又应该怎样带兵?

昭王盛兵巡游,
直到南方的土地。
他得到什么好处啊——
只遇见野兔和野鸡!

穆王广有谋略,
为什么要去周游?
他率兵环行天下,
又是把什么寻求?

妖夫曳衒，
何号于市？
周幽谁诛？
焉得夫褒姒？

天命反侧，
何罚何佑？
齐桓九会，
卒然身杀。

彼王纣之躬，
孰使乱惑？
何恶辅弼，
谗谄是服？

比干何逆，
而抑沉之？
雷开何顺，
而赐封之？

何圣人之一德，
卒其异方：
梅伯受醢，
箕子详狂？

稷维元子，
帝何竺之？

妖人拖东西叫卖，
为什么吆喝在闹市？
周幽王要杀掉谁呀？
怎么又得到了褒姒？

天命反复无常，
赏罚有什么规矩？
齐桓公九合诸侯，
最终却被人害死！

说到纣王这人哪——
是谁使他成了昏君？
他怎么讨厌忠良，
却重用谗谄的小人？

比干有哪点违抗，
竟受到压抑埋没？
雷开是怎样顺从，
却得到封赏拔擢？

圣人的德行一样，
为什么结局不同？
梅伯被剁成肉酱，
箕子却避祸装疯！

后稷是帝喾的长子，
怎么遭父亲毒害？

《天问》原文

干协时舞,何以怀之?

击床先出,其命何从?

何往营班禄,不但还来?

繁鸟萃棘,负子肆情。

水滨之木,得彼小子。

会朝争盟,何践吾期?

争遣伐器,并驱击翼。

昭后成游,逢彼白雉。

投之于冰上,
鸟何燠之?

何冯弓挟矢,
殊能将之?
既惊帝切激,
何逢长之?

伯昌号衰,
秉鞭作牧。
何令彻彼岐社,
命有殷国?

迁藏就岐,
何能依?
殷有惑妇,
何所讥?

受赐兹醢,
西伯上告。
何亲就上帝罚,
殷之命以不救?

师望在肆,
昌何识?
鼓刀扬声,
后何喜?

被扔在寒冰上面,
鸟怎么展翅来覆盖?

他何以弯弓挟箭,
还能够统兵沙场?
他既让天帝震惊,
怎么却昌盛久长?

西伯正痛哭服丧,
可是还执鞭放牧。
是谁叫他拆除岐山的社庙,
占有殷国的疆土?

古公亶父(dǎn fǔ)迁岐山,
为什么百姓会跟从?
殷纣被妲己迷惑,
进谏哪还有可能?

纣赐给西伯以亲儿的肉汤,
西伯向上帝控告。
纣为何亲受上帝的惩罚,
殷朝的国运就没了救药?

太公在肉店宰牛,
怎么得西伯知遇?
敲刀卖肉的吆喝,
西伯怎么感兴趣?

武发杀殷,
何所悒?
载尸集战,
何所急?

伯林雉经,
维其何故?
何感天抑地,
夫谁畏惧?

皇天集命,
惟何戒之?
受礼天下,
又使至代之?

初汤臣挚,
后兹承辅。
何卒官汤,
尊食宗绪?

勋阖梦生,
少离散亡。
何壮武厉,
能流厥严?

彭铿斟雉,

武王砍纣的脑袋,
哪来那么大火气?
载着灵牌去会战,
干嘛又那么着急?

把纣尸悬挂在柏树,
又是为什么原因?
伐纣既感动天地,
又何必胆战心惊?

上帝赐天命给殷,
定下了什么戒律?
殷纣王治理天下,
怎会被周人代替?

当初的小臣伊尹,
后来却辅佐成汤,
为什么最终为相,
享祭和天子一样?

阖闾是寿梦的孙子,
年轻时颠沛流亡,
为什么壮年雄武,
使自己威名远扬?

彭祖用野鸡调汤,

帝何飨？
受寿永多，
夫何久长[1]？

中央共牧，
后何怒？[2]
蜂蛾微命，
力何固？

惊女采薇，
鹿何祐？
北至回水，
萃何喜？

兄有噬犬，
弟何欲？
易之以百两，
卒无禄？

薄暮雷电，
归何忧？
厥严不奉，
帝何求？

伏匿穴处，
爰何云？
荆勋作师，

---

[1] 久：朱熹《楚辞集注》本无，闻一多认为系衍文。长：闻一多《楚辞校补》认为系"怅"字缺损。

[2] 后：指周厉王。《庄子·让王篇》释文引司马彪注："十四年，大旱，屋焚，卜于太阳，兆曰：'厉王为祟。'召公乃立宣王，共伯复归于宗。"闻一多《天问疏证》认为"后何怒"即指厉王降旱为祟。

上帝为什么爱喝?
得到这么长寿命,
怎么还郁郁不乐?

共伯和摄政中央,
厉王为何降灾殃?
蜂蚁一样的百姓,
为什么那样顽强?

采薇女受到惊吓,
怎么有神鹿来佑庇?
向北走到了回水,
停下来怎么很欢喜?

哥哥有咬人的恶狗,
弟弟为什么想要?
百辆车没能够换来,
结果连爵禄都丢掉!

黄昏时雷电临头,
回去吧,何必忧愁!
国威也无法保持,
何须对上帝央求!

被放逐在山洞藏身,
我还有什么好讲!
楚王穷兵黩武,

夫何长?

悟过改更,
我又何言?
吴光争国,
久余是胜。

何环闾穿社,
以及丘陵,
是淫是荡,[1]
爰出子文?

吾告堵敖以不长
何试上自予,
忠名弥彰?

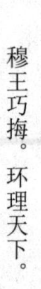

穆王巧挴。环理天下。

[1] 以上三句原作"何环穿自闾社丘陵"一句,今依洪兴祖《楚辞考异》、朱熹《楚辞集注》引一本改。

哪能够老打胜仗!

只要能悔过痛改,
我又有什么可说!
吴王阖闾来争锋,
长期战胜我楚国。

斗伯比穿过社庙,
和䢵女进入寝陵,
为什么这样淫荡,
却生下了令尹子文?

我说堵敖在位不会久长,
为什么熊恽弑君自立,
忠名却更加远扬?

师望在肆,昌何识?鼓刀扬声,后何喜?

九章（屈原）

惜诵

惜诵以致愍兮，
发愤以抒情。
所作忠而言之兮，
指苍天以为正。

令五帝以折中兮，
戒六神与向服。
俾山川以备御兮，
命咎繇使听直。

竭忠诚以事君兮，
反离群而赘肬。
忘儇媚以背众兮，
待明君其知之。

言与行其可迹兮，
情与貌其不变。
故相臣莫若君兮，
所以证之不远。

吾谊先君而后身兮，
羌众人之所仇。

九章

惜诵

我要借诉讼来吐露愁闷,
倾泄愤恨来抒发感情。
如果怀疑我说的不真诚,
我愿指苍天来作为见证!

我要叫五方天帝来断案,
我要叫六位尊神来对质。
我要让山神和河神来陪审,
让法官皋陶(yáo)来听取讼词。

我事奉君王尽忠竭力,
反遭排挤,视我如赘疣。
我不知谄媚才背离众人啊——
期待明君能体察这因由。

我的言行可以去考查,
内心和外貌也不会有变动。
了解人臣者莫过君王,
因为在近处就可以验证。

我主张先君王然后自己,
然而这正是众人之所仇;

专惟君而无他兮,
又众兆之所雠。

壹心而不豫兮,
羌不可保也。
疾亲君而无他兮,
有招祸之道也。

思君其莫我忠兮,
忽忘身之贱贫。
事君而不贰兮,
迷不知宠之门。

忠何罪以遇罚兮,
亦非余心之所志。
行不群以巅越兮,
又众兆之所咍。

纷逢尤以离谤兮,
謇不可释。
情沉抑而不达兮,
又蔽而莫之白。

心郁邑余侘傺兮,
又莫察余之中情。
固烦言不可结诒兮,
愿陈志而无路。

我专想君王,没考虑其他,
又被大家当成了对头。

我一心一意,毫不动摇,
反而就弄得自身难保了;
亲近君王而不存异心,
却成了招灾惹祸之道了。

为君王谁也没有我忠诚,
我完全没想到自己的贱贫。
我事奉君王从没有二心啊,
糊涂得不懂邀宠的窍门。

忠有何罪过要遭到惩罚呀?——
这也不是我所能知道。
行为脱俗,肝脑涂地,
又只能引起众人的嘲笑。

我遭受无数的怨尤和诽谤,
愁思郁结,不能化开。
真情沉抑而无从上达啊,
言路不通,没法子秉白。

我抑郁愁闷,心神不宁,
没有谁了解我的衷情。
许多话要说,却不能寄信,
想坦陈心迹又无路可通。

退静默而莫余知兮，
进号呼又莫吾闻。
申侘傺之烦惑兮，
中闷瞀之忳忳。

昔余梦登天兮，
魂中道而无杭。
吾使厉神占之兮，
曰有志极而无旁。

终危独以离异兮，
曰君可思而不可恃。
故众口其铄金兮，
初若是而逢殆。

惩于羹者而吹齑兮，
何不变此志也？
欲释阶而登天兮，
犹有曩之态也。

众骇遽以离心兮，
又何以为此伴也？
同极而异路兮，
又何以为此援也？

晋申生之孝子兮，

我退隐沉默没人能理解,
进取呼号又没人听见。
我多么失意,苦恼又迷茫,
内心忧伤,郁闷而烦乱。

从前我梦见升登天上,
魂走到半路却突然迷航。
我向厉神去占卜吉凶,
他说我志大却没人相帮。

"是否会孤危遭受流放呀?"
他说:"王可思,却不能仰仗。
谗言可惧,众口铄金,
忠臣要遭殃——从来是这样。

"被热汤烫过,吃凉菜也吹气儿,
何不变一变你的心志呢?
想不用梯子就平步青云,
你这副派头仍旧像往日呢!

"众人惊惧,都和你离心,
又怎么会把你当成同道呀?
同样事君却形如异路,
又怎么会给你提供关照呀?

"晋国的申生是个孝子,

父信谗而不好。
行婞直而不豫兮,
鲧功用而不就。

吾闻作忠以造怨兮,
忽谓之过言。
九折臂而成医兮,
吾至今而知其信然。

矰弋机而在上兮,
罻罗张而在下。
设张辟以娱君兮,
愿侧身而无所。

欲儃佪以干傺兮,
恐重患而离尤。
欲高飞而远集兮,
君罔谓女何之?

欲横奔而失路兮,
坚志而不忍。
背膺牉以交痛兮,
心郁结而纡轸。

捣木兰以矫蕙兮,
糳[1]申椒以为粮。
播江离与滋菊兮,

[1] 糳（zuò）：舂过的米。

父亲却信谗,对他很薄情。
伯鲧刚直,不知道权变,
因此他治水就没有成功。"

我听说效忠会招来怨恨,
却大意了,以为说得太过。
断臂九次才能成良医——
我今天才知道这句话没错。

短箭装好了对准天空,
地下也已经布好罗网。
人们设圈套陷害君王啊,
我无处厕身,不能阻挡。

我想留下来寻找机会,
又怕再一次惹祸遭殃;
我想干脆就远走高飞,
又怕君王说"你逃向何方";

我想不择道路地胡来,
但我不忍为,志向坚定。
前胸和后背像是要裂开啊——
我心头郁结,常常绞痛!

我捣烂木兰,揉碎蕙草,
舂好申椒来作来为食粮;
栽种江离,培植秋菊,

愿春日以为糗芳。

恐情质之不信兮,
故重著以自明。
矫兹媚以私处兮,
愿曾思而远身。

涉江

余幼好此奇服兮,
年既老而不衰。
带长铗之陆离兮,
冠切云之崔嵬。
被明月兮珮宝璐。[1]

世溷浊而莫余知兮,
吾方高驰而不顾。
驾青虬兮骖白螭,
吾与重华游兮瑶之圃。

登昆仑兮食玉英。
与天地兮同寿,
与日月兮齐光。
哀南夷之莫吾知兮,
旦余济乎江、湘。

乘鄂渚而反顾兮,

---

[1] 此句与前后句均不押韵。王力《楚辞韵读》说:"此句疑前面缺三句。"

春日来充饥,多么芳香。

我只怕君王不信这真情,
所以再三地表白、说明。
把玩着香草我幽居独处,
愿深思熟虑,远遁藏身。

涉江

我从小就爱这样的奇服,
到老了兴趣也没有衰减。
佩着长得出奇的宝剑,
戴着巍峨入云的高冠,
映着明月珠,系着美玉。

世道混浊我不为人知啊,
我将要高驰,不再反顾,
青虬驾车,配上白螭——
我要和舜帝共游瑶圃。

登上昆仑把玉树花品尝。
与天地同寿,
与日月同光。
痛心南夷没人能了解啊——
我清晨将渡过长江和湘江。

登鄂渚回望走过的途程,

欸秋冬之绪风。
步余马兮山皋,
邸余车兮方林。

乘舲船余上沅兮,
齐吴榜以击汰。
船容与而不进兮,
淹回水而凝滞。

朝发枉渚兮,
夕宿辰阳。
苟余心其端直兮,
虽僻远之何伤!

入溆浦余儃佪兮,
迷不知吾所如。
深林杳以冥冥兮,
乃猿狖之所居。

山峻高以蔽日兮,
下幽晦以多雨。
霰雪纷其无垠兮,
云霏霏而承宇。

哀吾生之无乐兮,
幽独处乎山中。
吾不能变心而从俗兮,

我叹息秋季和冬季的余风。
我信马在水边的山坡漫步,
把我的车停在大片树林。

我乘着篷船逆沅水而上,
大桨一齐划击着波浪。
船行迟缓,不肯向前——
在回旋的水流中走得不畅。

早上开船从枉渚出发,
到了傍晚停宿在辰阳。
只要是我的心地正直啊,
即使在僻远处又有何妨!

进入溆浦我开始踌躇,
往哪里去呢?——我心中迷惑。
茂密的山林昏暗又幽深,
只有猿猴在那里出没。

山岭高峻挡住了太阳,
山下幽暗,还经常下雨。
雪粒和雪花满天纷飞,
云烟雾霭迷漫在天宇。

可叹我活着没有欢乐,
独自居住在幽僻的山中。
我不能变节而随波逐流啊,

固将愁苦而终穷。

接舆髡首兮，
桑扈裸行。
忠不必用兮，
贤不必以。
伍子逢殃兮，
比干菹醢。

与前世而皆然兮，
吾又何怨乎今之人！
余将董道而不豫兮，
固将重昏而终身。

乱曰：
鸾鸟凤皇，
日以远兮。
燕雀乌鹊，
巢堂坛兮。

露申辛夷，
死林薄兮。
腥臊并御，
芳不得薄兮。

阴阳易位，
时不当兮。

当然会一辈子愁苦贫穷。

接舆佯狂把头发剃光,
桑扈愤世而不穿衣裳。
忠臣不一定委以重任,
贤士不一定派上用场。
伍员遭遇灾殃啊,
比干被剁成肉浆!

以往历代全都是如此啊,
我又何必要怨恨今人?
我坚守正道,毫不动摇,
当然会一辈子晦气重重!

尾声:
鸾鸟凤凰
日益远翔。
燕子和乌鸦
筑巢在庙堂。

露申与辛夷
枯死林内。
腥臊并进,
香花被屏退。

阴阳颠倒,昼夜反常——
真没有遇上合适的时光。

怀信侘傺，
忽乎吾将行兮。

哀郢

皇天之不纯命兮，
何百姓[1]之震愆？
民离散而相失兮，[2]
方仲春而东迁。

去故乡而就远兮，
遵江、夏以流亡。
出国门而轸怀兮，
甲之朝吾以行。

发郢都而去闾兮，
怊荒忽其焉极？
楫齐扬以容与兮，
哀见君而不再得。

望长楸而太息兮，
涕淫淫其若霰。
过夏首而西浮兮，
顾龙门而不见。

心婵媛而伤怀兮，

[1] 百姓：这个词先秦时代的含义是"百官"，指贵族、官僚集团。《国语·周语》："百姓兆民，夫人奉利而归诸上。"韦昭注："百姓，百官也，言有世功受氏姓也。"

[2] 民：即人，是诗人自指，亦为下句"方仲春而东迁"的主语。离散、相失：指诗人因为被流放而与君王相失，与家室分离。东方朔《七谏》描写屈原"何君臣之相失兮，上沅湘而分离"，说的就是这个意思。

心存忠信却失意彷徨啊，
我只有飘然离开这地方！

哀　郢

皇天的脾气反复无常，
百官为什么震动又惊惶？
我拜别君王，离开家室，
在仲春流放——走向东方。

离开故土，踏上远途，
沿着长江和夏水流浪；
我心情悲痛地走出都门，
动身远行——在甲日的早上。

从郢都出发，离别家乡，
将走向何处？——我凄恻迷茫。
船桨齐扬，慢慢地划动，
我悲伤再也见不到君王。

远望高大的梓树而长叹啊，
滚滚的泪水像雪珠往下掉。
过了夏首又掉头西行，
回望龙门却没法看到！

心情悲愤，我好不凄凉，

眇不知其所蹠。
顺风波以从流兮,
焉洋洋而为客。

凌阳侯之泛滥兮,
忽翱翔之焉薄?
心䌽结而不解兮,
思蹇产而不释。

将运舟而下浮兮,
上洞庭而下江。
去终古之所居兮,
今逍遥而来东。

羌灵魂之欲归兮,
何须臾而忘反!
背夏浦而西思兮,
哀故都之日远。

登大坟以远望兮,
聊以舒吾忧心。
哀州土之平乐兮,
悲江介之遗风。

当陵阳之焉至兮,
淼南渡之焉如?
曾不知夏之为丘兮,

前路茫茫，何处能栖止？
顺着风波我向下漂流——
成了个浪迹天涯的游子！

迎着汹涌澎湃的江涛，
飘然飞往哪一个方向？
我心头的郁积不能化解啊，
百结的愁肠难于舒畅！

我将要行舟顺流而下，
进入洞庭，离开长江；
告别了祖辈居住的故土——
我天涯漂泊，来到东方！

我的灵魂渴望着归去啊，
哪曾有片刻不思回返？
离开夏浦心挂着西方，
我伤心离故都越来越远！

登上大堤向远方眺望，
聊以缓解我悒郁的心情。
我慨叹乡邑的安居乐业啊，
伤怀于江畔淳朴的遗风！

波涛汹涌，我漂向何方？
烟水茫茫，我南渡何处？
谁想到宫室能沦为废墟，

孰两东门之可芜？

心不怡之长久兮，
忧与愁其相接。
惟郢路之遥远兮，
江与夏之不可涉。

忽若不信兮，
至今九年而不复。
惨郁郁而不通兮，
蹇侘傺而含戚。

外承欢之汋约兮，
谌荏弱而难持。
忠湛湛而愿进兮，
妒被离而鄣之。

尧、舜之抗行兮，
瞭杳杳而薄天。
众谗人之嫉妒兮，
被以不慈之伪名。

憎愠惀之修美兮，
好夫人之忼慨。
众踥蹀而日进兮，
美超远而逾迈。

两座东门会变成焦土!

我久久地、久久地心情不悦,
旧恨新愁彼此相衔接。
回郢都的道路是如此遥远啊,
长江和夏水又哪能飞越!

时间快得叫人难置信,
我已经九年没回过家乡。
我郁闷忧愁,心情不畅,
彷徨失意,充满了哀伤。

有些人外表做邀宠的媚态,
实际是软骨头不堪信赖。
忠臣竭诚愿为国效力,
嫉妒者却纷纷设置障碍。

尧和舜那样道德高尚,
光辉远被,上接天穹,
谗人们竟也要嫉妒、污蔑,
强加以"不慈、不孝"的罪名。

嫌弃善良正直的忠臣,
喜欢巧言令色的谗谄。
卑贱的阿谀者日益提升,
孤傲的忠良就更加疏远!

乱曰：
曼余目以流观兮，
冀壹反之何时？
鸟飞反故乡兮，
狐死必首丘。
信非吾罪而弃逐兮，
何日夜而忘之？

抽思

心郁郁之忧思兮，
独永叹乎增伤。
思蹇产之不释兮，
曼遭夜之方长。

悲秋风之动容兮，
何回极之浮浮！
数惟荪[1]之多怒兮，
伤余心之忧忧。

愿摇起而横奔兮，
览民尤以自镇。
结微情以陈辞兮，
矫以遗夫美人。

昔君与我成言兮，
曰黄昏以为期。

---

[1] 荪：溪荪，即石菖蒲，香草名。用来指君王。

尾声：
放眼远望四面八方，
哪天才能够一返家乡？
鸟飞要回到故土啊，
狐死会朝向山冈。
清白无辜，竟遭流放——
我何日何夜啊能把它遗忘！

抽思

满怀忧思，心情郁闷，
我独自长叹，更增悲伤。
百结的愁肠难以舒畅，
眼前的黑夜啊，夜色方长！

我悲叹秋风使草木凋零，
连北极星也被它吹得晃动。
每想到溪荪你多怒的性情，
我的心儿就愁苦而伤痛！

本想决绝地远走高飞，
见百姓的苦难又只好停止。
将渺小的情思编成诗歌，
我高举它献到美人的手里。

你早先和我已经说定。
约会的时刻定在黄昏。

羌中道而回畔兮,
反既有此他志。

憍吾以其美好兮,
览余以其修姱。
与余言而不信兮,
盖为余而造怒。

愿承闲而自察兮,
心震悼而不敢。
悲夷犹而冀进兮,
心怛伤之憺憺。

兹历情以陈辞兮,
荪详聋而不闻。
固切人之不媚兮,
众果以我为患。

初吾所陈之耿著兮,
岂至今其庸亡?
何独乐斯之蹇蹇兮?
愿荪美之可完[1]。

望三五以为像兮,
指彭咸以为仪。
夫何极而不至兮,
故远闻而难亏。

[1] 完:洪兴祖《楚辞考异》引一本及朱熹《楚辞集注》本作"光"。

哪知在中途突然变卦，
因为你已经有了异心。

你向我夸耀你的美貌，
你向我显示你的长处。
和我有成约却不守信用啊，
为什么借故来对我发怒？

想趁你空闲向你表白，
可是很惶恐，不敢作说明。
我犹豫彷徨，希望来进见，
悲伤的心绪却不得安宁。

举这些情况向你来陈辞，
溪荪你假装耳聋没听见。
刚直的人们哪里会献媚啊，
众人果然拿我当祸患。

以前我陈述得非常明白，
难道你现在就已经忘光？
为什么我偏偏喜欢直言呀？——
是愿你美德更加辉煌。

望三王五帝能做你的楷模，
我就以彭咸来作为榜样。
有什么目标不能达到啊？
你不朽的声名将远播四方。

善不由外来兮,
名不可以虚作。
孰无施而有报兮,
孰不实而有获?

少歌曰:
与美人抽思[1]兮,
并日夜而无正。
憍吾以其美好兮,
敖朕辞而不听。

倡曰:
有鸟自南兮,
来集汉北。
好姱佳丽兮,
牉独处此异域。
既惸独而不群兮,
又无良媒在其侧。
道卓远而日忘兮,
愿自申而不得。
望北山而流涕兮,
临流水而太息。

望孟夏之短夜兮,
何晦明之若岁!
惟郢路之辽远兮,

---

[1] 抽思:原作"抽怨",据朱熹《楚辞集注》本改。

善行不能由外部强加，
名声不能够凭空造作，
不施与怎么能得到报偿啊，
不种植又怎么会有收获！

短歌：
向美人抒发我的感情，
日夜萦怀，无人来证明。
你只会用美貌向我夸耀，
对我的言辞却傲慢不听。

唱：
鸟儿从南方飞来，
栖息在汉北的树上。
它长得多么美丽，
却独自在异乡流浪。
孤独而远离伙伴，
又没有良媒在身边。
离家远渐被人忘记，
想表白没机会开言。
遥望北山而流泪啊，
面临流水而长叹！

初夏夜本来很短暂，
为什么长得像整年？
去郢都的道路多遥远啊，

魂一夕而九逝。

曾不知路之曲直兮，
南指月与列星。
愿径逝而不得兮，
魂识路之营营。

何灵魂之信直兮，
人之心不与吾心同！
理弱而媒不通兮，
尚不知余之从容。

乱曰：
长濑湍流，
溯江潭兮。
狂顾南行，
聊以娱心兮。

轸石崴嵬，
蹇吾愿兮。
超回志度，
行隐进兮。

低徊夷犹，
宿北姑兮。
烦冤瞀容，
实沛徂兮。

梦魂一夜跑九遍!

不管道路的曲直,
披星戴月向南方。
想走捷径而不得啊,
灵魂为辨路而奔忙。

我的灵魂正直又忠诚,
为什么别人不产生共鸣?
是媒人没有能耐疏通啊,
人家还不了解我的言行!

尾声:
水急滩长,
逆流上汉江啊!
猛回首南行,
且慰我愁肠啊!

嶙峋怪石,
阻碍我回船啊;
徘徊不定,
我进退两难啊!

犹豫彷徨,
在北姑投宿啊;
我意乱心烦,
颠沛于道路啊!

《九章》原文

过夏首而西浮兮,顾龙门而不见。

望北山而流涕兮,临流水而太息。

凤皇在笯兮,鸡鹜翔舞。

愁叹苦神,
灵遥思兮。
路远处幽,
又无行媒兮。

道思作颂,
聊以自救兮。
忧心不遂,
斯言谁告兮!

怀沙

滔滔孟夏兮,
草木莽莽。
伤怀永哀兮,
汩徂南土。

眴兮杳杳,
孔静幽默。
郁结纡轸兮,
离愍而长鞠。

抚情效志兮,
冤屈而自抑。
刓方以为圜兮,
常度未替。

哀呼苦叹，
魂遥念故乡啊；
地僻路远，
媒妁在何方啊？

作歌述怀，
聊以解脱啊；
忧心不畅，
有话对谁说啊！

怀沙

暖和的初夏天气，
草木一片青葱。
我长久伤心悲痛，
匆匆向南国奔行。

远望四野茫茫，
到处是深沉的寂静。
我内心郁结而痛楚啊，
久遭忧患和穷困！

我检点情怀和志向，
把冤屈深藏在心头。
许多人削方为圆，
我的规矩却没丢。

易初本迪兮，
君子所鄙。
章画志墨兮，
前图未改。

内厚质正兮，
大人所盛。
巧倕不斵兮，
孰察其拨正？

玄文处幽兮，
矇瞍谓之不章。
离娄微睇兮，
瞽以为无明。

变白以为黑兮，
倒上以为下。
凤皇在笯兮，
鸡鹜翔舞。

同糅玉石兮，
一概而相量。
夫惟党人鄙固兮，
羌不知余之所臧。

任重载盛兮，

改变自己的信念,
本是君子所鄙弃,
我还是坚持法度,
初衷并没有变易。

品质敦厚又纯正,
是前世圣贤所看重。
巧匠如果不砍削,
谁知弯木能校正?

黑花样放在暗处,
瞎子说:没有花纹;
离娄眯着眼打量,
盲人说:欠了眼神。

黑白已经被混淆,
上下也全都颠倒。
凤凰囚禁在竹笼,
鸡鸭自由地舞蹈。

美玉和石头混杂,
被人们看成一样。
小人们鄙陋又顽固,
哪知道我的高尚!

负载过重的车辆,

陷滞而不济。
怀瑾握瑜兮,
穷不知所示。

邑犬之群吠兮,
吠所怪也。
非俊疑杰兮,
固庸态也。

文质疏内兮,
众不知余之异采。
材朴委积兮,
莫知余之所有。

重仁袭义兮,
谨厚以为丰。
重华不可遻兮,
孰知余之从容!

古固有不并兮,
岂知其何故!
汤、禹久远兮,
邈而不可慕。

惩违改忿兮,
抑心而自强。
离愍而不迁兮,

陷滞着难以前行。
即使我怀持美玉，
途穷也无法示人。

村犬成群地吠叫，
吠的是它们之所怪。
对俊杰诽谤、怀疑，
这本是庸人的常态。

表里文雅而质朴，
众不知我的特异；
材木、原木相堆积，
谁知我内在的才气？

我积累仁义的品德，
以谨慎忠厚为财富。
生不与虞舜同时啊，
谁了解我的气度？

自古君臣难际遇，
哪知是什么道理！
汤、禹已经很遥远，
遥远得不可企及！

我抑制内心的愤恨，
使自己意志更坚强。
遭祸也决不动摇，

愿志之有像。

进路北次兮,
日昧昧其将暮。
舒忧娱哀兮,
限之以大故。

乱曰:
浩浩沅、湘,
分流汨兮。
修路幽蔽,
道远忽兮。

曾伤爰哀,
永叹喟兮。
世溷浊莫吾知,
人心不可谓兮。

怀质抱情,
独无正兮。
伯乐既没,
骥焉程兮?

万民之生,
各有所错兮。
定心广志,
余何畏惧兮!

愿学习前人的榜样。

我进路向北航行,
日色却将近黄昏。
且舒遣忧郁和悲伤啊——
直到大限降临!

尾声:
浩荡的沅水和湘水,
各自奔向远方。
道路幽暗隐蔽,
前途迷茫而漫长。

无穷无尽地哀伤,
我久久叹息难过。
浊世遇不到知音啊,
人心难以细说!

我秉性敦厚多情,
孤独而无人欣赏。
伯乐早已经逝去,
千里马谁人会相?

人人都有生命,
各自作不同安排。
我志向坚定远大,
天命又何足惧哉!

知死不可让,
愿勿爱兮。
明告君子,
吾将以为类兮。

思美人

思美人兮,
揽涕而伫眙。
媒绝路阻兮,
言不可结而诒。

蹇蹇之烦冤兮,
陷滞而不发。
申旦以舒中情兮,
志沉菀而莫达。

愿寄言于浮云兮,
遇丰隆而不将。
因归鸟而致辞兮,
羌迅高而难当。

高辛之灵盛兮,
遭玄鸟而致诒。
欲变节以从俗兮,
愧易初而屈志。

知死之不可退避，
生命就无须吝惜。
我想要昭告先贤，
以你们做我的范例！

思美人

思美人啊，
我拭泪痴痴地伫立。
媒绝路又不通行，
书信往哪里去寄！

忠言逆耳受烦冤，
车陷着不能出发。
天天想倾诉衷情啊，
沉郁的心思难表达！

我想请浮云捎信，
丰隆却不肯答应。
我想托鸿雁传书，
却高飞难以接近。

我不如高辛之神灵，
有燕子来替他送蛋。
我想要变节从流。
又羞于把初衷改换。

独历年而离愍兮,
羌冯心犹未化。
宁隐闵而寿考兮,
何变易之可为。

知前辙之不遂兮,
未改此度。
车既覆而马颠兮,
蹇独怀此异路。

勒骐骥而更驾兮,
造父为我操之。
迁逡次而勿驱兮,
聊假日以须时。
指嶓冢之西隈兮,
与纁黄以为期。

开春发岁兮,
白日出之悠悠。
吾将荡志而愉乐兮,
遵江、夏以娱忧。

揽大薄之芳茝兮,
搴长洲之宿莽。
惜吾不及古人兮,
吾谁与玩此芳草!

多年来饱经忧患,
我愤懑的情绪还没消。
宁可忍忧患到老,
也不能改变节操!

明知道前车不通,
我仍旧不改这一套。
尽管是车覆马颠,
我坚守这独特的小道。

让骏马重新驾车,
叫造父当我的驭手。
慢些走,不要奔驰。
花时间把机会等候。
驶向嶓(bō)冢山西边,
黄昏时在那里聚首。

开春又迎来新岁,
红日升起在东方。
我将会开心又快乐,
沿江夏排遣忧伤。

攀折林野的白芷啊,
拔取长洲的宿莽。
可惜我追不上古人,
能和谁把芳草欣赏!

解扁薄与杂菜兮，
备以为交佩。
佩缤纷以缭转兮，
遂萎绝而离异。

吾且儃佪以娱忧兮，
观南人之变态。
窃快在中心兮，
扬厥凭而不俟。
芳与泽其杂糅兮，
羌芳华自中出。[1]

纷郁郁其远蒸兮，
满内而外扬。
情与质信可保兮，
羌居蔽而闻章。

令薜荔以为理兮，
惮举趾而缘木。
因芙蓉而为媒兮，
惮褰裳而濡足。

登高吾不说兮，
入下吾不能。
固朕形之不服兮，
然容与而狐疑。

[1] "出"字不入韵。闻一多《楚辞校补》疑此两句之上或下脱落两句。王力《楚辞韵读》也有类似的意见。

采集萹蓄和杂菜，
备来做左右的佩饰。
尽管它缭绕缤纷，
终将枯死被抛弃。

我且逍遥以解忧，
观赏南夷的异态。
我心中暗自欢欣，
不再愤懑和等待。
芳与垢虽然混杂，
花香却无法掩盖。

浓香播散到远方，
内部充盈就外扬。
只要本质没改变，
僻居而美名益彰。

想请薜荔做媒人，
又不敢抬脚爬树；
想请荷花做介绍，
又不敢提衣湿足。

攀高我既不喜爱，
下水又没有本领。
我身体本来不习惯。
就徘徊犹豫地空等。

广遂前画兮,
未改此度也。
命则处幽吾将罢兮,
愿及白日之未暮也。
独茕茕而南行兮,
思彭咸之故也。

惜往日

惜往日之曾信兮,
受命诏以昭时。
奉先功以照下兮,
明法度之嫌疑。

国富强而法立兮,
属贞臣而日娭。
秘密事之载心兮,
虽过失犹弗治。

心纯厖而不泄兮,
遭谗人而嫉之。
君含怒而待臣兮,
不清澈其然否。

蔽晦君之聪明兮,
虚惑误又以欺。

想全面实现从前的意图——
我决不改变这种态度呢。
我僻处异地,末日将临,
趁太阳没落山还要赶路呢。
我形单影只地走向南方啊,
只因为思念彭咸的缘故呢!

惜往日

叹惜往年我曾蒙信任,
禀受王命求时世之清明,
继先王功业以普照下民,
阐明法度决疑的功能。

国家富强,法度又健全,
任用忠臣,国君唯游乐。
国家机密我牢记心头,
有失误也不曾受到斥责。

我心地敦厚,不泄露秘密,
却遭受谗人的嫉妒和诋毁。
君王对我竟含着怒意,
不弄清事情的是非原委。

谗人蒙蔽了君王的耳目,
欺君罔上,造谣迷惑。

弗参验以考实兮,
远迁臣而弗思。
信谗谀之溷浊兮,
盛气志而过之。

何贞臣之无罪兮,
被离谤而见尤!
惭光景之诚信兮,
身幽隐而备之。

临沅、湘之玄渊兮,
遂自忍而沉流。
卒没身而绝名兮,
惜壅君之不昭。

君无度而弗察兮,
使芳草为薮幽。
焉舒情而抽信兮,
恬死亡而不聊。
独障壅而蔽隐兮,
使贞臣为无由。

闻百里之为虏兮,
伊尹烹于庖厨。
吕望屠于朝歌兮,
宁戚歌而饭牛。
不逢汤、武与桓、缪兮,

君王也不去检验、核实，
就将我流放，不加思索。
听信谗佞的混浊之词，
竟大发雷霆，加我以罪过。

为什么本来无罪的忠臣，
反遭诽谤，被人指责？
惭愧啊，光明虽普照万物，
我隐身幽处，却不能受惠泽！

如果我面对沅、湘的深渊，
忍心轻易地沉入江流，
结果不过是身死名灭，
君却受蒙蔽，不知缘由。

君不守法度，察事不明，
致使芳草沉埋于湖泽。
去哪里表我的耿耿忠诚啊——
我宁可死去，也不图苟活！
只有奸谗在把你包围，
忠臣竟然会路途阻塞！

听说百里奚当过奴隶，
伊尹曾经是烧饭的厨头，
吕望在朝歌做过屠户，
宁戚夜里唱着歌喂牛，
不遇上汤、武和齐桓、秦穆，

世孰云而知之！

吴信谗而弗味兮，
子胥死而后忧。
介子忠而立枯兮，
文君寤而追求；
封介山而为之禁兮，
报大德之优游。

思久故之亲身兮，
因缟素而哭之。
或忠信而死节兮，
或訑谩而不疑。
弗省察而按实兮，
听谗人之虚辞。
芳与泽其杂糅兮，
孰申旦而别之？

何芳草之早殀兮，
微霜降而不[1]戒。
谅聪不明而蔽壅兮，
使谗谀而日得。

自前世之嫉贤兮，
谓蕙若其不可佩。
妒佳冶之芬芳兮，
嫫母姣而自好。

[1] 不：此字原作"下"，据洪兴祖《楚辞考异》引一本改。

名字哪能在世上传流!

吴王信谗,忠奸不分,
伍子胥一死,大难降临。
介子推忠贞却被烧死,
晋文公醒悟了才去找寻,
封赐介山,禁止樵伐,
用来报他的大德深恩。

想起了患难与共的故旧,
才会去哀悼,穿上孝衣。
有的人忠诚却守节而死,
有的人奸诈却不被怀疑。
既不能明察又不去核实,
竟听信了谗人虚妄的言辞。
芳香与污垢混杂在一起,
谁能够天天去辨别妍媸!

为什么芳草早早夭亡?
只因为霜降时不曾注意。
你确遭蒙蔽,耳目不灵,
使谗谀的小人更无顾忌。

自古就有人嫉贤妒能,
说蕙草和杜若不堪佩带。
由于嫉妒美人的芬芳,
丑妇嫫母也扭捏作态。

勒骐骥而更驾兮,造父为我操之。

临沅、湘之玄渊兮,遂自忍而沉流。

愿岁并谢,与长友兮。

望大河之洲渚兮,悲申徒之抗迹。

虽有西施之美容兮,
谗妒入以自代。
愿陈情以白行兮,
得罪过之不意。
情冤见之日明兮,
如列宿之错置。

乘骐骥而驰骋兮,
无辔衔而自载。
乘泛泭以下流兮,
无舟楫而自备。
背法度而心治兮,
辟与此其无异。

宁溘死而流亡兮,
恐祸殃之有再。
不毕辞而赴渊兮,
惜壅君之不识。

橘颂

后皇嘉树,
橘徕服兮。
受命不迁,
生南国兮。

即使有西施一样的美貌,
小人也在为取代而钻营。
我想表衷情,为言行辩解,
无意之间却获罪不轻。
实情和冤屈日盖显露——
有如天上排列的星星。

想跨着骏马飞速地奔驰,
却没有马缰,由它瞎撞;
想乘着筏子在水上航行,
却没有船桨,任它飘荡;
违背法度,实行"心治",
和这些情况就完全一样。

我宁可死去而随水漂流,
却恐怕祸殃再一次遇到。
我没能讲完就走向深渊啊,
只可惜受蒙蔽的君王不知道!

橘颂

天地之间的美树,
橘服这水土供养。
受天命扎下根来,
就在这南方生长。

深固难徙，
更壹志兮。
绿叶素荣，
纷其可喜兮。

曾枝剡棘，
圆果抟兮。
青黄杂糅，
文章烂兮。

精色内白，
类任道兮。
纷缊宜修，
姱而不丑兮。

嗟尔幼志，
有以异兮。
独立不迁，
岂不可喜兮。

深固难徙，
廓其无求兮。
苏世独立，
横而不流兮。

闭心自慎，
终不失过兮。

深固而不可迁徙,
志向分外坚贞。
绿叶配上白花,
多么繁茂喜人。

一层层繁枝利刺,
果实圆圆滚滚。
色彩青黄错杂,
是文采斑斓的佳品。

红皮裹着白瓤,
如同怀抱道义。
繁枝修饰得宜。
体态异常美丽。

可贵你幼年立志,
常人无法相比。
生性独立不移,
怎能不叫人欣喜!

深固而不可迁徙,
心胸豁达无求。
清醒而离世独立,
决不随波逐流。

节制私欲而自慎,
从来也不犯过失。

秉德无私，
参天地兮。

愿岁并谢，
与长友兮。
淑离不淫，
梗其有理兮。

年岁虽少，
可师长兮。
行比伯夷，
置以为像兮。

悲回风

悲回风之摇蕙兮，
心冤结而内伤。
物有微而陨性兮，
声有隐而先倡。
夫何彭咸之造思兮，
暨志介而不忘！
万变其情岂可盖兮，
孰虚伪之可长！
鸟兽鸣以号群兮，
草苴比而不芳。
鱼葺鳞以自别兮，
蛟龙隐其文章。

保持美德而无私,
精神可匹配天地。

愿共度美好岁月,
能和你长作友人。
你外美而不淫惑,
内心坚定而有文。

虽然你年纪轻轻,
却可以为人师长。
品德比得上伯夷,
能够做我们的榜样!

悲回风

感怀于旋风之摧残蕙草,
沉冤郁结,我内心忧伤。
有的物渺小却伤人本性,
有的声微弱却最先传扬!
我为何追怀古人彭咸,
愿像他不忘坚定的志向?——
万变岂能将真情掩盖啊?
弄虚作假怎么能久长!
鸟兽用鸣声招引同类,
杂草茂密却并不芳香。
鱼儿用鳞片来标志自己,
蛟龙却潜伏,把文采隐藏。

故荼荠不同亩兮,
兰茝幽而独芳。
惟佳人之永都兮,
更统世而自贶。
眇远志之所及兮,
怜浮云之相羊。
介眇志之所惑兮,
窃赋诗之所明。

惟佳人之独怀兮,
折若椒以自处。
曾歔欷之嗟嗟兮,
独隐伏而思虑。
涕泣交而凄凄兮,
思不眠以至曙。
终长夜之曼曼兮,
掩此哀而不去。

寤从容以周流兮,
聊逍遥以自恃。
伤太息之愍怜兮,
气於邑而不可止。

纠思心以为纕兮,
编愁苦以为膺。
折若木以蔽光兮,
随飘风之所仍。

苦菜甜菜不长在一道,
兰、芷在僻处却独放芬芳。
只有佳人才永远美丽,
历经世代,犹自辉煌。
遥思远大理想之所及啊,
我喜爱浮云的自在飞扬。
我坚定的志向常被人疑惑,
这正是诗里所抒发的地方。

唯独佳人有特异的情怀,
采杜若、花椒来陪伴自己。
我经常啜泣,叹息连声,
独自隐居,忧思难已。
我泪流不断,内心凄凉,
思虑难眠,至曙光来到。
漫漫的长夜已经过完,
想排遣忧思,却完全无效。

醒来之后我漫步徘徊,
勉强散心,来支撑自己。
我自怜自悯,叹息伤心,
气息呜咽,悲不可止。

我要把忧思编成佩带。
把愁苦织成贴身的衣裳。
我要折若木将阳光遮挡,
随狂风奔向四面八方。

存仿佛而不见兮,
心踊跃其若汤。
抚珮衽以案志兮,
超惘惘而遂行。

岁忽忽其若颓兮,
时亦冉冉而将至。
薠蘅槁而节离兮,
芳以歇而不比。

怜思心之不可惩兮,
证此言之不可聊。
宁溘死而流亡兮,
不忍此心之常愁。

孤子吟而抆泪兮,
放子出而不还。
孰能思而不隐兮,
照彭咸之所闻。

登石峦以远望兮,
路眇眇之默默。
入景响之无应兮,
闻省想而不可得。

愁郁郁之无决[1]兮,

[1] 决:原作"快",据洪兴祖《楚辞考异》所引一本改。

眼前的事物模糊不清,
内心像沸水一样翻腾。
抚摸玉佩和衣襟来自制,
迷惘惆怅,我独自前行。

岁月的流逝迅如山崩,
人生的大限渐渐临近。
蘋、蘅枯槁,茎节分离,
芳草香消,不再繁盛。

可怜我痴心无可救药,
证明这理想不能达到。
我宁肯暴死而随水漂流,
不忍心终日愁云笼罩。

孤儿呻吟着揩拭眼泪,
弃子被放逐,不能返回。
想到这些谁能不痛心啊——
我但愿能遵守彭咸的法规!

登上石山我眺望远方,
茫茫前路,寂静又荒凉。
我进入无影无声的世界,
不能听、看,也不能思想。

愁绪郁结,无法排除,

居戚戚而不解。
心鞿羁而不开兮,
气缭转而自缔。

穆眇眇之无垠兮,
莽芒芒之无仪。
声有隐而相感兮,
物有纯而不可为。

邈蔓蔓之不可量兮,
缥绵绵之不可纡。
愁悄悄之常悲兮,
翩冥冥之不可娱。
凌大波而流风兮,
托彭咸之所居。

上高岩之峭岸兮,
处雌蜺之标颠。
据青冥而摅虹兮,
遂倏忽而扪天。

吸湛露之浮源兮,
漱凝霜之雰雰[1]。
依风穴以自息兮,
忽倾寤以婵媛。

冯昆仑以瞰雾兮,

[1] 雰雰(fēn):霜雪等盛大貌。

忧思缠绕，难以解脱；
精神的枷锁没有打开，
闷气缭绕结成了套索。

宇宙渺渺看不到边际。
天地茫茫无物可匹敌。
有的声隐秘而能起感应，
有的物纯正却无能为力。

道路漫漫不可以测度，
忧思绵绵不可以估量。
内心凄惨我经常悲痛，
神魂高飞也满腹忧伤。
乘着大波我顺风游荡，
依恋着彭咸居住的地方。

登上山岩陡峭的岸边，
身处虹桥高高的顶巅，
倚着苍穹我展开彩虹，
举掌突然就摸到了青天。

我把浓浓的露水饮取，
我将点点的凝霜吸食。
休息时枕着风穴神山，
忽而又惊醒，慌得直喘气。

靠着昆仑我俯瞰云雾，

隐岷山以清江。
惮涌湍之礚礚兮,
听波声之汹汹。

纷容容之无经兮,
罔芒芒之无纪。
轧洋洋之无从兮,
驰委移之焉止。

漂翻翻其上下兮,
翼遥遥其左右。
泛潏潏其前后兮,
伴张弛之信期。

观炎气之相仍兮,
窥烟液之所积。
悲霜雪之俱下兮,
听潮水之相击。
借光景以往来兮,
施黄棘之枉策。
求介子之所存兮,
见伯夷之放迹。
心调度而弗去兮,
刻著志之无适。

曰:
吾怨往昔之所冀兮,

倚着岷山我细察长江。
我惊心于激流击石的声响,
我倾听着澎湃汹涌的波浪。

宽广的水面无边无际,
心境迷茫,理不清头绪。
滔滔的浊浪你从哪里来呀,
滚滚的波涛你到哪里去?

浪花在上下翻腾飞舞,
江水在左右摇荡漂移。
洪波在前后泛滥奔涌,
配合着潮涨潮落的信期。

我观察炎夏蒸腾的热气,
我窥视晚秋烟云的堆积,
我悲叹严冬霜雪的纷飞,
我倾听初春潮头的搏击。
我凭借光影在天地间往来,
用黄棘的柔鞭策马前去,
寻求介子推遁世的地方,
探访伯夷隐居的遗迹。
我徘徊思虑,难以释怀,
铭刻在心啊,永不忘记!

尾声:
我怨恨过去的希望落空,

悼来者之惕惕[1]。
浮江、淮而入海兮,
从子胥而自适。
望大河之洲渚兮,
悲申徒之抗迹。
骤谏君而不听兮,
任重石[2]之何益!
心絓结而不解兮,
思蹇产而不释。

[1] 惕惕（tì）：古同"惕"，忧虑貌。
[2] 任重石：原作"重任石"，据洪兴祖《楚辞考异》所引一本改。

未来又叫我满怀忧虑。
我要顺江淮泛舟入海洋,
去追随子胥,遂我的心意。
遥望黄河的大小河洲,
我悲叹申徒高尚的行迹。
他一再劝谏,君王不听从,
抱石沉江又有何益!
心头的郁结难以解开,
百结的愁肠啊——不能舒释!

远游（屈原）

悲时俗之迫阨兮，
愿轻举而远游。
质菲薄而无因兮，
焉托乘而上浮？

遭沉浊而污秽兮，
独郁结其谁语！
夜耿耿而不寐兮，
魂茕茕而至曙。

惟天地之无穷兮，
哀人生之长勤。
往者余弗及兮，
来者吾不闻。

步徙倚而遥思兮，
怊惝怳而乖怀。
意荒忽而流荡兮，
心愁悽而增悲。

神倏忽而不反兮，
形枯槁而独留。
内惟省以端操兮，
求正气之所由。

远游

悲叹时俗之使人困厄啊——
我想要飞升去游历远方!
我资质鄙陋,没有根基,
又怎么能够乘风高翔?

遭逢浊世我被污受谗,
独自郁闷,该对谁去讲?
夜不安枕,无法入眠——
灵魂孤零零直到天亮!

想到天地的无穷无尽,
哀叹人生的劳碌终身。
过去的一切我追赶不上啊,
将来的一切我不得与闻!

我徘徊不定,遐想连翩,
夙愿难酬,怅然若失。
神思恍惚,我无所依凭,
心中凄愁,更增悲戚。

忽然间灵魂消逝不返,
只有枯槁的形体保留。
我省视内心以端正操守,
潜心探究正气的来由。

漠虚静以恬愉兮,
澹无为而自得。
闻赤松之清尘兮,
愿承风乎遗则。

贵真人之休德兮,
美往世之登仙。
与化去而不见兮,
名声著而日延。

奇傅说之托辰星兮,
羡韩众之得一。
形穆穆以浸远兮,
离人群而遁逸。

因气变而遂曾举兮,
忽神奔而鬼怪。
时仿佛以遥见兮,
精皎皎以往来。

绝氛埃而淑尤兮,
终不反其故都。
免众患而不惧兮,
世莫知其所如。

恐天时之代序兮,

我虚无清静，快乐安宁，
淡泊无为而怡然自得。
听说赤松子清虚绝尘，
我愿继承他遗留的法则。

我尊重真人的崇高美德，
我赞美古人的羽化登仙。
我愿随他们化去不见，
名声彰显，千古流传。

我惊奇傅说死后化辰星，
我羡慕韩众的成仙得道：
形体静寂，渐渐远离，
能摆脱人群，抽身逃掉。

借精气的变化高飞在天上，
迅跑如天神，怪异如鬼魂。
有时仿佛能遥遥望见，
灵光闪闪，来往不停。

超越尘世，洗刷诟尤，
始终不回他们的故里。
避开群小而无所畏惧，
世人弄不清他们去哪里。

我害怕天时的交替变化，

耀灵晔而西征。
微霜降而下沦兮,
悼芳草之先零。
聊仿佯而逍遥兮,
永历年而无成!
谁可与玩斯遗芳兮,
晨向风而舒情。
高阳邈以远兮,
余将焉所程?

重曰:
春秋忽其不淹兮,
奚久留此故居?
轩辕不可攀援兮,
吾将从王乔而娱戏。

餐六气而饮沆瀣兮,
漱正阳而含朝霞。
保神明之清澄兮,
精气入而粗秽除。

顺凯风以从游兮,
至南巢而壹息。
见王子而宿之兮,
审壹气之和德。

曰:

灿烂的红日却照样西行，
微霜又开始降临大地，
我悲悼芳草的过早凋零。
我只好游荡，聊以散心，
经年累月，我一事无成。
能够与谁人共赏芳草，
迎着晨风来抒发衷情？
古帝高阳离我们太远啊——
我应该如何取法才行？

再说呢，
岁月飞逝而不会停滞，
何能长久地留在故居？
黄帝我没有法子攀附，
只有随王乔游乐、欢娱。

我吞食六气，啜饮清露，
吮吸正阳，口含朝霞，
保持元神的澄澈清明，
祛除粗秽，渗入精华。

我随着南风一路游历，
来到南巢才稍事休息。
见了王子我崇礼有加，
细问他该如何求道养气。

他说：

悲时俗之迫阨兮,愿轻举而远游。

历太皓以右转兮,前飞廉以启路。

使湘灵鼓瑟兮，令海若舞冯夷。
玄螭虫象并出进兮，形蟉虬而逶蛇。

召黔嬴而见之兮，为余先乎平路。

"道可受兮，
不可传。
其小无内兮，
其大无垠。
毋滑而魂兮，
彼将自然。
壹气孔神兮，
于中夜存。

虚以待之兮，
无为之先。
庶类以成兮，
此德之门。"

闻至贵而遂徂兮，
忽乎吾将行。
仍羽人于丹丘兮，
留不死之旧乡。
朝濯发于汤谷兮，
夕晞余身兮九阳。
吸飞泉之微液兮，
怀琬琰之华英。
玉色頩[1]以脕颜兮，
精醇粹而始壮。
质销铄以汋约兮，
神要眇以淫放。

[1] 頩（ping）：光润而美貌。

"道可以心领神会，
却不能口说言传。
它小到没有内核，
它大到没有边缘。
别乱了你的精魂，
它就能归于自然。
精纯之气最神妙，
半夜会生在你心间。

"静心去等它降临，
先有所为就不行。
万物就这么生成，
这就是修道的法门。"

听了妙言就想去仙乡，
我动身上路，非常急忙。
随着飞仙我到了丹丘，
留在这长生不老的地方。
早晨在旸谷洗我的头发，
傍晚晒身于九个太阳。
吸饮飞谷深处的神泉，
将美玉珍贵的花朵怀藏。
我面如玉色，光彩照人，
精神纯粹，身强体壮。
凡胎脱尽，绰约多姿，
神魂变得高远而奔放。

嘉南州之炎德兮,
丽桂树之冬荣。
山萧条而无兽兮,
野寂漠其无人。
载营魄而登霞兮,
掩浮云而上征。

命天阍其开关兮,
排阊阖而望予。
召丰隆使先导兮,
问大微之所居。

集重阳入帝宫兮,
造旬始而观清都。
朝发轫于太仪兮,
夕始临乎於微闾。

屯余车之万乘兮,
纷容与而并驰。
驾八龙之婉婉兮,
载云旗之逶蛇。

建雄虹之采旄兮,
五色杂而炫耀。
服偃蹇以低昂兮,
骖连蜷以骄骜。

我欣赏南国温暖的气候,
我赞美桂树的冬日常青。
山林萧条而没有野兽,
原野寂寥而不见行人。
负载着精魂,我登上霞彩,
乘着飘浮的云朵飞升。

我要叫帝宫的门卫开门,
他推开天门望着我等待。
我召来丰隆做我的先行,
去寻访星空中太微的所在。

升上九霄入帝宫游览,
造访皇天到清都观玩。
早上从天宫太仪出发,
傍晚才到达医巫闾山边。

我集合了成千上万的车辆,
众车缓缓地并驾齐驱。
我驾着八匹神骏的龙马,
立着随风舒卷的云旗。

我插上长虹来作为彩帜,
五色缤纷,明光闪耀。
矫健的辕马俯仰自如,
曲身的边马纵横蹦跳。

骑胶葛以杂乱兮,
斑漫衍而方行;
撰余辔而正策兮,
吾将过乎句芒。

历太皓以右转兮,
前飞廉以启路。
阳杲杲其未光兮,
凌天地[1]以径度。

风伯为余先驱兮,
氛埃辟而清凉。
凤皇翼其承旗兮,
遇蓐收乎西皇。

揽彗星以为旍兮,
举斗柄以为麾。
叛陆离其上下兮,
游惊雾之流波。

时暧曃其曭莽兮,
召玄武而奔属。
后文昌使掌行兮,
选署众神以并毂。

路曼曼其修远兮,
徐弭节而高厉。

[1] 天地：俞樾校作"天池"，即咸池。

车骑交错，蹄辙杂乱，
排着队列迤逦向前方。
我拿好马鞭，握紧缰绳，
准备造访东方的句芒。

经过太皓我向右转弯，
前面有风神飞廉开路。
明亮的太阳还没有放光，
我越过天池，径直地飞渡。

风伯飞廉做我的前驱，
扫尽尘埃，清凉无比。
凤凰的翅膀连着云旗，
我遇见蓐收在西皇那里。

摘下彗星来当做旗旌，
举起斗柄做号旗挥动。
旗幡灿烂，上下流光，
在翻滚的云气中飘浮不定。

天色已晚，昏暗不明，
我召唤玄武紧紧跟从。
身后是文昌领着大队，
安排好众神并驾齐行。

前面的道路遥远又漫长，
我缓缓停车，向高处迈步。

左雨师使径侍兮,
右雷公以为卫。

欲度世以忘归兮,
意恣睢以担挢。
内欣欣而自美兮,
聊婾娱以淫乐。

涉青云以泛滥游兮,
忽临睨夫旧乡。
仆夫怀余心悲兮,
边马顾而不行。

思旧故以想象兮,
长太息而掩涕。
泛容与而遐举兮,
聊抑志而自弭。

指炎神而直驰兮,
吾将往乎南疑。
览方外之荒忽兮,
沛罔象而自浮。

祝融戒而还衡兮,
腾告鸾鸟迎宓妃。
张《咸池》奏《承云》兮,
二女御《九韶》歌。

左边叫雨师径相侍从，
右边让雷公紧紧卫护。

我愿超脱尘世而忘归，
想放纵心志，高飞远举。
我内心欢快，欣然自得，
且尽兴欢娱，其乐无比。

我踏着青云四方游荡，
忽然从高处瞥见了故乡。
车夫想家，我也很悲痛，
边马回首，不肯向前方。

思念旧友，怀想故乡，
擦拭泪眼我长长地叹息！
我只好继续缓缓飞行，
且将我悲痛的心情压抑。

朝着南方的炎神驰骋，
我将要前往九嶷的山林。
遍览浩渺无限的世外，
像是在汪洋大海里浮沉。

祝融劝告我立即回车，
我传令鸾鸟把宓妃迎接。
奏起古曲《咸池》和《承云》，
二女又献上《九韶》的音乐。

使湘灵鼓瑟兮，
令海若舞冯夷。
玄螭虫象并出进兮，
形蟉虬而透蛇。

雌霓便娟以增挠兮，
鸾鸟轩翥而翔飞。
音乐博衍无终极兮，
焉乃逝以徘徊。

舒并节以驰骛兮，
逴绝垠乎寒门。
轶迅风于清源兮，
从颛顼乎增冰。

历玄冥以邪径兮，
乘间维以反顾。
召黔嬴而见之兮，
为余先乎平路。

经营四荒兮，
周流六漠。
上至列缺兮，
降望大壑。

下峥嵘而无地兮，

我要叫湘水之神来鼓瑟，
我要叫海神和河伯共舞。
让黑龙和罔象一同出没，
婉转盘旋，自由吞吐。

彩霓轻盈地层层缠绕，
鸾鸟高高地展翅飞翔。
永恒的音乐响彻天地，
我又出发去遨游四方。

我放开缰绳让马儿狂奔，
远到天边北极的寒门。
在北海超越迅猛的疾风，
跟随颛顼，踏遍了层冰。

我经过玄冥的崎岖小路，
登上天间、地维再反顾，
召唤造化之神来相见，
叫他先行，去为我铺路。

我往来四方，
我周游六合，
升到电神出没的地方，
降观渤海之东的大壑。

下面深远，没有了大地，

上寥廓而无天。
视倏忽而无见兮,
听惝怳而无闻。
超无为以至清兮,
与泰初而为邻。

上面空阔，没有了天空。
眼睛霎时间视而不见，
耳朵昏昏然听而不闻。
超然无为，至净至清——
与泰初原始为邻！

左雨师使径侍兮，右雷公以为卫。

卜居（屈原）

屈原既放，三年不得复见。竭知尽忠，而蔽障于谗，心烦虑乱，不知所从。乃往见太卜郑詹尹曰："余有所疑，愿因先生决之。"

詹尹乃端策拂龟曰："君将何以教之？"

屈原曰：
"吾宁悃悃款款，
朴以忠乎？
将送往劳来，
斯无穷乎？
宁诛锄草茅，
以力耕乎？
将游大人，
以成名乎？
宁正言不讳，
以危身乎？
将从俗富贵，
以偷生乎？
宁超然高举，
以保真乎？
将哫訾栗斯，
喔咿儒儿，

卜居

屈原已经遭到放逐,三年不能再进见。他为国竭智尽忠,却被谗人阻隔,心烦意乱,无所适从。于是去见太卜郑詹尹道:"我心有疑虑,想请先生为我决断。"

詹尹就摆正蓍(shī)草,揩净龟壳,说道:"您有何见教?"

屈原说:
"我是该老老实实,
质朴忠诚?
还是该送往迎来,
了此一生?
我是该铲除杂草,
努力耕耘?
还是该游说贵人,
借以成名?
我是该正言直谏,
奋不顾身?
还是该追求富贵,
苟且偷生?
我是该高飞远走,
以保纯真?
还是该察言观色,
强作欢笑,

以事妇人乎?
宁廉洁正直,
以自清乎?
将突梯滑稽,
如脂如韦,
以洁楹乎?

"宁昂昂若千里之驹乎?
将泛泛若水中之凫,
与波上下,
偷以全吾躯乎?
宁与骐骥亢轭乎?
将随驽马之迹乎?

"宁与黄鹄比翼乎?
将与鸡鹜争食乎?

"此孰吉孰凶?
何去何从?

"世溷浊而不清:
蝉翼为重,
千钧为轻;
黄钟毁弃,
瓦釜雷鸣;
谗人高张,
贤士无名。

去侍候妇人?
我是该廉洁正直,
自洁自清?
还是该世故花巧,
油滑赖皮,
八面玲珑?

"我是该昂首挺胸如千里之驹?
还是该漂游不定如水中之凫,
随波逐流,
偷偷地保命全躯?
我是该与骏马并肩齐步?
还是该跟随驽马,亦步亦趋?

"我是该与黄鹄长空比翼?
还是该与家鸡野鸭争食?

"这一切哪件是吉,哪件是凶?
哪件该避,哪件该行?

"世道啊,浑浊不清:
蝉翼为重,
千钧为轻;
黄钟毁弃,
瓦釜雷鸣;
谗人当道,
贤士无名。

吁嗟默默兮,
谁知吾之廉贞?"

詹尹乃释策而谢曰:
"夫尺有所短,
寸有所长;
物有所不足,
智有所不明;
数有所不逮,
神有所不通。

"用君之心,
行君之意,
龟策诚不能知此事。"

唉，不说了吧，
谁了解我的廉洁忠贞？"

詹尹于是放下蓍草辞谢道：
"尺有所短，
寸有所长；
万物都会有它的不足，
智者也有不懂的地方；
术数有时也推算不到，
神明有时也难说周详。

"用您的心，
行您的意，
龟壳蓍草弄不清这种事。"

三闾大夫、郑詹尹、渔父

渔父（屈原）

屈原既放，游于江潭，行吟泽畔，颜色憔悴，形容枯槁。渔父见而问之曰："子非三闾大夫与？何故至于斯？"

屈原曰：
"举世皆浊我独清，
众人皆醉我独醒，
是以见放。"

渔父曰：
"圣人不凝滞于物，
而能与世推移。
世人皆浊，
何不淈其泥而扬其波？
众人皆醉，
何不餔其糟而歠其醨？
何故深思高举，
自令放为？"

屈原曰：
"吾闻之，
新沐者必弹冠，
新浴者必振衣。

渔父

屈原已经遭到放逐，浪游在江边，行吟在湖畔，面色憔悴，形容枯槁。渔翁见了就问他道："您不是三闾大夫吗？为什么落到这等地步？"

屈原说道：
"举世皆浊我独清，
众人皆醉我独醒，
所以就被放逐。"

渔翁说道：
"圣人不受外物拘束，
而能赶上世潮。
举世皆浊，
您何不也搅起泥沙、扬起波涛？
众人皆醉，
您何不也去喝酒酿、去吃酒糟？
为什么您要思虑深远、行为清高，
自遭放逐的煎熬？"

屈原说道：
"我听说，
刚洗头要掸掸帽子，
刚洗澡要抖抖衣服。

安能以身之察察，
受物之汶汶者乎！
宁赴湘流，
葬于江鱼之腹中，
安能以皓皓之白，
而蒙世俗之尘埃乎！"

渔父莞尔而笑，鼓枻而去，歌曰：
"沧浪之水清兮，
可以濯吾缨；
沧浪之水浊兮，
可以濯吾足。"
遂去，不复与言。

我怎能叫洁净之躯,
　　去受外界的玷辱!
　　我宁愿跳入湘江,
　　葬身江鱼之腹,
　　怎么能让我洁白的声名,
　　去蒙受世俗的尘土!"

渔翁微微一笑,摇桨而去,口中唱道:
　　"沧浪之水清啊,
　　可以洗我的帽缨;
　　沧浪之水浊啊,
　　可以洗我的双足。"
于是去了,再也没有和屈原说话。

大招（屈原）

青春受谢，
白日昭只。
春气奋发，
万物遽只。
冥凌浃行，
魂无逃只。
魂魄归徕！
无远遥只。

魂乎归徕！
无东无西，
无南无北只。

［魂乎无东！］
东有大海，
溺水浟浟只。
螭龙并流，
上下悠悠只。
雾雨淫淫，
白皓胶只。
魂乎无东，
汤谷寂寥只！

魂乎无南！

大招

春天到来了,
太阳一出亮堂堂!
春气萌动了,
万物蓬勃生长忙。
积冰化水淌,
灵魂无处可躲藏。
魂魄归来吧,
不要漂泊去远方!

灵魂啊,归来吧,
别去东方和西方,
别去南方和北方!

[灵魂啊,别到东方去!]
东方有大海,
水深流急把人埋。
螭龙并排游,
上下悠然去又来。
雾雨连绵常不断,
海天相接一片白。
灵魂啊,别到东方去,
旸谷寂寞人难呆!

灵魂啊,别到南方去!

南有炎火千里,
蝮蛇蜒只。
山林险隘,
虎豹蜿只。
鰅鳙[1]短狐,
王虺骞只。
魂乎无南,
蜮伤躬只!

魂乎无西!
西方流沙,
漭洋洋只。
豕首纵目,
被发鬤[2]只。
长爪踞牙,
诶笑狂只。
魂乎无西,
多害伤只!

魂乎无北!
北有寒山,
逴龙赦只。
代水不可涉,
深不可测只。
天白颢颢,
寒凝凝只。
魂乎无往,

[1] 鰅鳙:传说中的怪鱼。
[2] 鬤(ráng):头发散乱貌。

南方炎热火千里，
蝮蛇蜿蜒毒无比。
深山密林多险隘，
虎豹成群藏山里。
鳄鳙（yú yōng）、短狐毒害人，
眼镜王蛇头高举。
灵魂啊，别到南方去，
南方鬼蜮伤身体！

灵魂啊，别到西方去！
西方有流沙，
四周一片白茫茫。
猪头怪物竖着眼，
乱发纷纷披肩上。
锯齿牙，爪子长，
见人傻笑逞凶狂。
灵魂啊，别到西方去，
西方多害把人伤！

灵魂啊，别到北方去！
北方有寒山，
烛龙遍体赤红色。
代水宽阔难横渡，
万丈深渊不可测。
漫天白雪纷纷下，
地上到处寒冰结。
灵魂啊，别到北方去，

盈北极只！

魂魄归徕！
闲以静只。
自恣荆楚，
安以定只。

逞志究欲，
心意安只。
穷身永乐，
年寿延只。
魂乎归徕，
乐不可言只！

五谷六仞，
设菰粱只。
鼎臑盈望，
和致芳只。
内鸧鸽鹄，
味豺羹只。
魂乎归徕，
恣所尝只！

鲜蠵甘鸡，
和楚酪只。
醢豚苦狗，
脍苴蓴只。

北方到处是冰雪!

魂魄归来吧,
这里闲散又清静。
无拘无束在楚国,
生活平安又稳定。

愿干什么干什么,
时刻满意又顺心。
快快活活一辈子,
可以延年增寿命。
灵魂归来吧,
这里欢乐说不尽!

五谷丰登堆满仓,
菰米做饭喷喷香。
大鼎熟肉满满装,
加上香料更芬芳。
鸧鸹、鸽子、天鹅肉,
配上鲜美豺肉汤。
灵魂归来吧,
请你随意来品尝!

海龟新鲜鸡味妙,
和上楚国鲜奶酪。
狗肉干,猪肉酱,
切点蘘荷做配料。

吴酸蒿蒌，
不沾薄只。
魂兮归徕，
恣所择只！

炙鸹烝凫，
煔鹑陈只。
煎鰿臛雀，
遽爽存只。
魂乎归徕，
丽以先只！

四酎并孰，
不涩嗌只。
清馨冻饮，
不歠役只。
吴醴白糵，
和楚沥只。
魂乎归徕，
不遽惕只！

代、秦、郑、卫，
鸣竽张只。
伏戏《驾辩》，
楚《劳商》只。
讴和《扬阿》，
赵箫倡只。

吴国白蒿酸菜汤，
不浓不淡真正妙。
灵魂归来吧，
任你挑来任你要！

红烧乌鸦蒸鸭块，
清炖鹌鹑桌上摆。
油煎鲫鱼雀肉汤，
吃到嘴里真爽快。
灵魂归来吧，
佳肴等你先动筷！

四缸醇酒都熟透，
酒味纯正不涩喉。
清香淡酒宜冷饮，
烈酒莫饮免晕头。
吴国甜酒白曲酿，
掺和楚国清沥酒。
灵魂归来吧，
开怀畅饮别落后！

代、秦、郑、卫乐声扬，
吹响竽管音高昂。
奏起伏羲《驾辩》曲，
又奏楚曲名《劳商》。
齐声合唱《扬阿》调，
赵箫伴奏多悠扬。

魂乎归徕,
定空桑只!

二八接舞,
投诗赋只。
叩钟调磬,
娱人乱只。
四上竞气,
极声变只。
魂乎归徕,
听歌譔只!

朱唇皓齿,
嫭以姱只。
比德好闲,
习以都只。
丰肉微骨,
调以娱只。
魂乎归徕,
安以舒只!

嫮目宜笑,
蛾眉曼只。
容则秀雅,
稚朱颜只。
魂乎归徕,
静以安只!

灵魂归来吧，
等你调瑟定"空桑"！

两列舞女各八人，
配合诗赋翩翩起。
又敲钟，又击磬，
乐工演奏很得体。
四国音乐来竞赛，
变化万端妙无比。
灵魂归来吧，
乐曲歌声等着你！

唇如朱，齿如雪，
女郎美丽又高洁。
讲究德操性娴静，
风度优雅懂礼节；
肌肉丰满骨骼小，
态度和蔼又欢悦。
灵魂归来吧，
可以舒心来安歇！

美目含笑多漂亮，
蛾眉弯弯细又长。
样子长得挺秀气，
红红脸色嫩又光。
灵魂归来吧，
你会宁静又安详！

东有大海，溺水浟浟只。螭龙并流，上下悠悠只。

二八接舞，投诗赋只。叩钟调磬，娱人乱只。

夏屋广大，沙堂秀只。孔雀盈园，畜鸾皇只。鹍鸿群晨，杂鹜鸧只。鸿鹄代游，曼鹔鹴只。

三公穆穆，登降堂只。诸侯毕极，立九卿只。昭质既设，大侯张只。执弓挟矢，揖辞让只。

姱修滂浩,
丽以佳只。
曾颊倚耳,
曲眉规只。
滂心绰态,
姣丽施只。
小腰秀颈,
若鲜卑只。
魂乎归徕,
思怨移只!

易中利心,
以动作只。
粉白黛黑,
施芳泽只。
长袂拂面,
善留客只。
魂乎归徕,
以娱昔只!

青色直眉,
美目婳只。
靥辅奇牙,
宜笑嘕只。
丰肉微骨,
体便娟只。

仪态大方高个头，
女郎漂亮又温柔。
脸庞丰满耳朵顺，
弯眉如月衬明眸。
精神饱满姿绰约，
姣美倩丽会梳头。
腰肢纤细秀颈长，
好像曾经束带钩。
灵魂归来吧，
美女可以消忧愁！

心地善良好性格，
美人灵巧又敏捷。
脸施白粉眉描黑，
涂上香脂更润泽。
长袖飘飘半遮面，
含情脉脉善留客。
灵魂归来吧，
归来欢娱度长夜！

两条眉毛黑又长，
一双眼睛真漂亮。
牙齿整齐酒窝圆，
一笑令人神荡漾。
肌肉丰满骨骼小，
体态轻盈步舒畅。

魂乎归徕,
恣所便只!

夏屋广大,
沙堂秀只。
南房小坛,
观绝霤只。

曲屋步壛,
宜扰畜只。
腾驾步游,
猎春囿只。

琼毂错衡,
英华假只。
茝兰桂树,
郁弥路只。
魂乎归徕,
恣志虑只!

孔雀盈园,
畜鸾皇只。
鹍鸿群晨,
杂鹜鸽只。
鸿鹄代游,
曼鹔鹴只。
魂乎归徕,

灵魂归来吧,
你想怎样就怎样!

房屋宽敞又高大,
丹砂饰堂真秀雅。
南边厢房小院前,
雨槽接在屋檐下。

周围楼阁走廊长,
驯兽是个好地方。
传令步行去狩猎,
园林春猎乐洋洋。

玉镶车轮金嵌辕,
奇花异卉竞鲜妍。
白芷、兰草、桂花树,
密密长在路旁边。
灵魂归来吧,
任你游来任你玩!

满园孔雀羽辉煌,
又有青鸾和凤凰。
鹍鸡、仙鹤能司晨,
中间还要夹鹙鸧。
天鹅轮翻来浮水,
跟着来的是鸂鶒。
灵魂归来吧,

凤皇翔只!

曼泽怡面,
血气盛只。
永宜厥身,
保寿命只。
室家盈廷,
爵禄盛只。
魂乎归徕,
居室定只!

接径千里,
出若云只。
三圭重侯,
听类神只。
察笃夭隐,
孤寡存只。
魂乎归徕,
正始昆只!

田邑千畛,
人阜昌只。
美冒众流,
德泽章只。
先威后文,
善美明只。
魂乎归徕,

凤凰展翅正飞翔!

心情喜悦脸红润,
身躯健壮血气盛。
永远有益你身体,
保证延长你寿命。
你的家族满朝廷,
官位俸禄都昌盛。
灵魂归来吧,
住在家里多安定!

道路相连千里通,
随行车马多如云。
各级贵人跟左右,
听理政务明如神。
察问寿夭和病苦,
孤儿寡母赖以存。
灵魂归来吧,
施政步骤你权衡!

千条道路在城乡,
人民富庶国势昌。
美政庇佑众百姓,
君王德泽自昭彰。
先武后文治天下,
既善又美多辉煌。
灵魂归来吧,

赏罚当只!

名声若日,
照四海只。
德誉配天,
万民理只。
北至幽陵,
南交阯只。
西薄羊肠,
东穷海只。
魂乎归徕,
尚贤士只!

发政献行,
禁苛暴只。
举杰压陛,
诛讥罢只。
直赢在位,
近禹麾只。
豪杰执政,
流泽施只。
魂乎归徕,
国家为只!

雄雄赫赫,
天德明只。
三公穆穆,

赏善罚恶你承当!

名声显赫如红日,
光辉普照海内外。
德行声望与天齐,
治理万民受拥戴。
北方到达古幽州,
南到交趾诸村寨,
西方逼近羊肠山,
东至海边那一带。
灵魂归来吧,
选贤大事在等待!

发布政令招俊杰,
禁止苛政和暴虐。
举拔贤能把好门,
疲沓懒人要斥绝。
忠直君子居高位,
治民就向夏禹学。
豪杰贤才掌政务,
德政流布多恩泽。
灵魂归来吧,
国家靠你安基业!

威名煊赫天下闻,
功德齐天称圣明。
三公肃穆又谦敬,

登降堂只。
诸侯毕极,
立九卿只。
昭质既设,
大侯张只。
执弓挟矢,
揖辞让只。
魂乎归徕,
尚三王只!

齐上玉堂辅明君。
诸侯纷纷来朝见,
你封他们为九卿。
射礼目标已定好,
天子箭靶也做成。
挟着箭,拿着弓,
互相礼让表谦恭。
灵魂归来吧,
三王事业你继承!

南有炎火千里,蝮蛇蜒只。山林险隘,虎豹蜿只。
鲮鱼短狐,王虺骞只。魂乎无南,蜮伤躬只!

九辩（宋玉）

一

悲哉，
秋之为气也！
萧瑟兮，
草木摇落而变衰。
憭栗兮，
若在远行；
登山临水兮，
送将归。

泬寥兮，
天高而气清。
寂寥兮，
收潦而水清。
憯悽增欷兮，
薄寒之中人。
怆怳懭悢兮，
去故而就新。
坎廪兮，
贫士失职而志不平。
廓落兮，
羁旅而无友生。
惆怅兮，

九 辩

一

悲凉啊,
秋天的气氛!
萧萧瑟瑟,
草木零落、干枯。
凄凄凉凉,
好像在远方行路;
又像登山临水,
送人踏上归途。

旷荡空远,
天高而气清。
平静清澈,
积雨消退而水清。
凄愁哀叹,
秋日的轻寒袭人。
失意悲苦,
去故而就新。
世途坎坷,
贫士丢官而不平。
空虚寂寞,
滞留异地而没有知音。
惆怅啊,

而私自怜。
燕翩翩其辞归兮,
蝉寂漠而无声；
雁廱廱而南游兮,
鹍鸡啁哳而悲鸣。
独申旦而不寐兮,
哀蟋蟀之宵征。
时亹亹而过中兮,
蹇淹留而无成！

二

悲忧穷戚兮独处廓,
有美一人兮心不绎。
去乡离家兮徕远客,
超逍遥兮今焉薄？

专思君兮不可化,
君不知兮可奈何！

蓄怨兮积思,
心烦憺兮忘食事。

愿一见兮道余意,
君之心兮与余异。

车既驾兮朅而归,

偷偷怜惜我自身!
燕子翩翩地辞归故土,
寒蝉寂寞,没一点声音;
大雁嘎嘎地飞向南方,
鹧鸪啾啾地发出悲鸣。
孤独无眠,一直到天亮,
伤心于蟋蟀的彻夜奔行。
时光流逝,过了半辈子,
我淹留在外啊,一事无成!

二

悲愁困窘啊,孤寂潦倒,
有个美人啊,心中烦恼。
离乡别井啊,客居远方,
漂泊无依啊,去哪里才好?

一心为君啊,他又难改变;
君不知我心啊,该怎么办!

怨恨满怀,思虑郁积,
我内心烦躁啊,废寝忘食。

想见上一面啊,诉我的衷情,
君的心思啊,却和我不同!

驾好车子,去了又返回,

不得见兮心伤悲。

倚结軨兮长太息,
涕潺湲兮下沾轼。
慷慨绝兮不得,
中瞀乱兮迷惑。
私自怜兮何极?
心怦怦兮谅直。

三

皇天平分四时兮,
窃独悲此凛秋。
白露既下百草兮,
奄离披此梧楸。
去白日之昭昭兮,
袭长夜之悠悠。
离芳蔼之方壮兮,
余萎约而悲愁。

秋既先戒以白露兮,
冬又申之以严霜。
收恢台之孟夏兮,
然欿傺而沉藏。
叶菸邑而无色兮,
枝烦挐而交横。
颜淫溢而将罢兮,

不得见君啊,我心伤悲!

我靠着车边,长长地叹息,
涕泪横流,沾满了车轼。
愤而想绝情,却白费力气,
心中昏乱啊,我迷了神志。
自哀自怜,到何时何日?
我忠谨的心儿啊,诚实又正直!

三

上天把一年平分为四季,
我独为这寒秋暗自伤感。
一旦白露在百草上露头,
树荫就不再把梧楸装点。
明朗的白日已经逝去,
接踵而来是漫长的夜晚。
告别了壮岁的芳蕊繁枝,
我萎顿困窘啊,悲愁又凄惨!

秋天已先用白露来警告,
冬季再加上一层层严霜。
收起了初夏繁盛的景象,
万物沉寂,深深地躲藏。
树叶枯干而失去光泽,
枝条交错,杂乱无章。
形貌过盛即将要凋零,

柯仿佛而萎黄。
荆櫹槮之可哀兮,
形销铄而瘀伤。
惟其纷糅而将落兮,
恨其失时而无当。
揽骍辔而下节兮,
聊逍遥以相佯。
岁忽忽而遒尽兮,
恐余寿之弗将。
悼余生之不时兮,
逢此世之俇攘。
澹容与而独倚兮,
蟋蟀鸣此西堂。
心怵惕而震荡兮,
何所忧之多方。
卬明月而太息兮,
步列星而极明。

四

窃悲夫蕙华之曾敷兮,
纷旖旎乎都房。
何曾华之无实兮,
从风雨而飞飏!
以为君独服此蕙兮,
羌无以异于众芳。
闵奇思之不通兮,

树枝树干暗淡而萎黄。
光秃的树梢令人哀痛,
外形消损,遍体鳞伤。
想到草木将纷纷枯落啊,
我怅恨它没赶上美好的时光!
我放下鞭子,勒住马缰,
且留连逍遥在这片地方。
岁月匆匆,一年又将尽,
我只怕寿命不会久长。
我伤感自己的生不逢时,
遇到这世道混乱无常。
心境淡漠我独倚门首,
又听见蟋蟀鸣叫在西堂。
满怀悚惧,心神震荡,
为什么忧虑来自多方!
仰望明月,我叹息深长,
在繁星下漫步,直到见晨光。

四

我暗自伤悲蕙花的怒放,
纷繁茂盛开满了华堂。
繁花为什么不结果实?
任风吹雨打啊——四处飞扬!
我原以为君王你独爱这蕙草,
却原来对待它无异群芳!
为奇思不能上达而伤感,

憭栗兮，若在远行；登山临水兮，送将归。

去乡离家兮徕远客，超逍遥兮今焉薄？

卬明月而太息兮，步列星而极明。

皇天淫溢而秋霖兮，后土何时而得漧？

将去君而高翔。
心闵怜之惨悽兮,
愿一见而有明。
重无怨而生离兮,
中结轸而增伤。

岂不郁陶而思君兮?
君之门以九重。
猛犬狺狺而迎吠兮,
关梁闭而不通。

皇天淫溢而秋霖兮,
后土何时而得漧?
块独守此无泽兮,
仰浮云而永叹!

五

何时俗之工巧兮,
背绳墨而改错?
却骐骥而不乘兮,
策驽骀而取路。
当世岂无骐骥兮,
诚莫之能善御。

见执辔者非其人兮,
故骝跳而远去。

我将离开你远走他乡。
我的内心痛苦而凄惨,
愿见君一面以表衷肠。
无怨的生离是多么难过啊——
我心情沉郁,更增悲伤!

我怎能不忧郁执着地思君?
无奈君王的门户有九重!
猛犬狺狺地迎着人狂吠,
城门和吊桥闭而不通!

上天降下了秋雨绵绵,
大地要何时才能变干?
我独守这片荒芜的沼泽,
仰视浮云,长长地悲叹!

五

为什么时俗取巧投机,
背弃绳墨,乱改规矩?
有骏马不用,弃置一边,
却鞭打着驽马取道而去。
难道说当今真没有骏马?
实在是无人善于驾御。

看到执缰的不是内行,
骏马会扬蹄远去他方。

凫雁皆唼夫粱藻兮，
凤愈飘翔而高举。

圜凿而方枘兮，
吾固知其鉏铻而难入。
众鸟皆有所登栖兮，
凤独惶惶而无所集。
愿衔枚而无言兮，
尝被君之渥洽。
太公九十乃显荣兮，
诚未遇其匹合。

谓骐骥兮安归？
谓凤皇兮安栖？
变古易俗兮世衰，
今之相者兮举肥。

骐骥伏匿而不见兮，
凤皇高飞而不下。
鸟兽犹知怀德兮，
何云贤士之不处！

骥不骤进而求服兮，
凤亦不贪喂而妄食。
君弃远而不察兮，
虽愿忠其焉得？
欲寂漠而绝端兮，

野鸭野鹅都吃着梁藻，
凤凰就更会远举高翔。

方榫头碰到了圆圆的榫眼，
我本来就知道会格格不入。
群鸟都有了歇息的地方，
凤凰却找不到栖身之处。
我但愿衔枚而闭口不言，
可是又蒙受过君王的宠顾。
太公九十才显赫尊荣，
正因为不曾遇上明主！

请问何处是骏马的归宿？
请问凤凰在何处筑巢？
古道变易，世风日下，
如今相马者只看重肥膘。

骏马深藏着不愿现形，
凤凰也高飞，不肯落地。
鸟兽还知道怀德报恩，
怎能怪贤士不居留效力！

骏马不急于要求驾车，
凤凰也不会胡乱吃喝。
君王疏远我，不辨是非，
我虽愿效忠又如何可得？
想自甘寂寞，断了念头，

窃不敢忘初之厚德。
独悲愁其伤人兮,
冯郁郁其何极?

六

霜露惨悽而交下兮,
心尚幸其弗济。
霰雪雰糅其增加兮,
乃知遭命之将至。
愿徼幸而有待兮,
泊莽莽与野草同死。

愿自直而径往兮,
路壅绝而不通。
欲循道而平驱兮,
又未知其所从。
然中路而迷惑兮,
自压按而学诵。
性愚陋以褊浅兮,
信未达乎从容。

窃美申包胥之气盛兮,
恐时世之不固。

何时俗之工巧兮,
灭规矩而改凿?

又不敢忘记当初的厚德。
独自悲愁真令人伤怀啊——
满腔愤懑何时能了结!

六

霜露齐降,悲凉又凄冷,
我却想它也许不能得逞;
霰雪纷纷,越下越紧密,
才知道厄运已降临头顶。
虽然我心存侥幸地等待啊——
却必将与野草一同凋殒!

想直接面君去申诉苦衷,
道路又阻塞,无法通行;
想沿着正道驱车前进,
又没人指点,无所适从。
走到半路上内心迷惑,
只好诵《诗》来控制感情。
我本性愚陋,胸襟狭窄,
确实难做到舒缓从容。

我羡慕申包胥意气之旺盛,
只怕是时世与当年不同!

为什么时俗取巧投机,
要毁弃规矩,乱凿孔道?

独耿介而不随兮，
愿慕先圣之遗教。
处浊世而显荣兮，
非余心之所乐。
与其无义而有名兮，
宁穷处而守高。

食不偷而为饱兮，
衣不苟而为温。
窃慕诗人之遗风兮，
愿托志乎素餐。
蹇充倔而无端兮，
泊莽莽而无垠。
无衣裘以御冬兮，
恐溘死不得见乎阳春。

七

靓杪秋之遥夜兮，
心缭悷而有哀。
春秋逴逴而日高兮，
然惆怅而自悲。
四时递来而卒岁兮，
阴阳不可与俪偕。

白日晼晚其将入兮，
明月销铄而减毁。

我心地耿介，不随波逐流，
愿遵从前代圣贤的遗教！
处身浊世却显赫尊荣——
这决不是我的心之所好。
与其不义而徒具虚名，
还不如困守清高的节操。

不能为吃饱而行为苟且，
不能为穿暖而随俗图存。
我暗自追慕诗人的遗范，
寄托志愿于简朴的人生。
内心的委屈无穷无尽，
像一片荒野，无边无垠。
没有衣裘把冬寒抵御啊，
恐怕将暴死——难见阳春！

七

暮秋的静夜是多么漫长，
我心思萦绕，充满哀伤。
岁月长流，人生易老，
怎能不令人惆怅悲凉！
四季轮回，一年又将尽，
寒来暑往，我追不上流光！

白日西斜，马上会落山，
明月的光辉黯淡而凄惨。

凫雁皆唼夫梁藻兮,凤愈飘翔而高举。

霜露惨悽而交下兮,心尚幸其弗济。
霰雪雰糅其增加兮,乃知遭命之将至。

年洋洋以日往兮,老嵺廓而无处。

左朱雀之茇茇兮,右苍龙之躣躣。
属雷师之阗阗兮,通飞廉之衙衙。

岁忽忽而遒尽兮，
老冉冉而愈弛。

心摇悦而日幸兮，
然怊怅而无冀。
中憯恻之悽怆兮，
长太息而增欷。

年洋洋以日往兮，
老嵺廓而无处。
事亹亹而觊进兮，
蹇淹留而踌躇。

八

何泛滥之浮云兮？
猋壅蔽此明月。
忠昭昭而愿见兮，
然霠曀[1]而莫达。

愿皓日之显行兮，
云蒙蒙而蔽之。
窃不自料而愿忠兮，
或黕点而污之。

尧舜之抗行兮，
瞭冥冥而薄天。

[1] 霠曀（yīn yì）：云覆太阳貌。

一年匆匆又快要过完，
老境渐至，越来越懒散。

我常因心存侥幸而欢悦，
却总以无望的怅惘而了结。
内心是多么惨痛、悲伤啊，
长长的叹息又继之以呜咽。

时光永远在不停地流逝，
我年老空虚，栖身无地。
国事多变，还是该进取啊，
久留在这里，我没了主意！

八

为什么层层涌现的浮云，
突然把这轮明月遮挡？
我想要显露耿耿忠心，
也沉没于黑雾，成为妄想！

我希望红日当空照耀，
它却被迷蒙的云气遮盖。
我自不量力，愿意效忠，
有人却造谣来把我陷害。

像尧和舜那样道德高尚，
光辉普照，上接天穹，

何险巇之嫉妒兮，
被以不慈之伪名！

彼日月之照明兮，
尚黯黮而有瑕。
何况一国之事兮，
亦多端而胶加。

被荷裯之晏晏兮，
然潢洋而不可带。
既骄美而伐武兮，
负左右之耿介。
憎愠惀之修美兮，
好夫人之慷慨。
众踥蹀而日进兮，
美超远而逾迈。
农夫辍耕而容与兮，
恐田野之芜秽。
事绵绵而多私兮，
窃悼后之危败。
世雷同而炫曜兮，
何毁誉之昧昧！

今修饰而窥镜兮，
后尚可以窜藏。
愿寄言夫流星兮，
羌倏忽而难当。

小人们为什么也要嫉妒，
强加以"不慈、不孝"的罪名！

太阳和月亮光照人间，
少不了还会有阴影和疵斑；
何况是整个国家的事务，
更千头万绪，相互纠缠。

荷叶的短衣虽然漂亮，
却过于宽松，不能束带。
君王你自夸美貌和武力，
倚赖亲信，认为很正派。
嫌弃善良正直的忠臣，
把巧言令色的谗人宠爱。
溜须拍马者日益提升，
忠良就更加被疏远见外。
农夫辍耕而游手好闲，
只怕田地会长满萧艾；
政务拖沓，私弊丛生，
我担忧今后国家的危败。
世人随声附和来捧场，
是非不分啊，说好说坏！

现在若照镜来修饰自己，
今后还可以韬晦隐藏。
我想托流星来为我传话，
却赶不上它那迅疾的飞翔；

卒壅蔽此浮云兮,
下暗漠而无光。

九

尧舜皆有所举任兮,
故高枕而自适。
谅无怨于天下兮,
心焉取此怵惕?
乘骐骥之浏浏兮,
驭安用夫强策?
谅城郭之不足恃兮,
虽重介之何益?

亶翼翼而无终兮,
忳惛惛而愁约。
生天地之若过兮,
功不成而无效。

愿沉滞而不见兮,
尚欲布名乎天下。
然潢洋而不遇兮,
直怐愁而自苦。

莽洋洋而无极兮,
忽翱翔之焉薄?
国有骥而不知乘兮,

明月终于被浮云遮蔽啊,
下界到处是昏暗无光!

九

唐尧虞舜都选贤任能,
所以能高枕而不用操心。
确信自己可无怨于天下,
又怎么用得着胆颤心惊?
乘着骏马到处能畅行,
马鞭何必一定要坚硬?
金城汤池尚不足依凭,
铠甲再厚又能有何用!

永远在小心翼翼地迈步,
穷愁潦倒,烦闷又忧伤。
人生天地间如同过客啊,
事业无成,功效渺茫。

我本想一辈子默默无闻,
又撇不开扬名天下的心理。
世事渺茫,机遇难逢,
这真叫愚昧啊,只苦了自己。

辽阔的大地望不到尽头,
翱翔飘忽,在何处停留?
国内有骏马不知道驭使,

焉皇皇而更索?

宁戚讴于车下兮,
桓公闻而知之。
无伯乐之善相兮,
今谁使乎誉之?

罔流涕以聊虑兮,
惟著意而得之。
纷纯纯之愿忠兮,
妒被离而鄣之。

愿赐不肖之躯而别离兮,
放游志乎云中。
乘精气之抟抟兮,
骛诸神之湛湛。
骖白霓之习习兮,
历群灵之丰丰。

左朱雀之茇茇兮,
右苍龙之躣躣。
属雷师之阗阗兮,
通飞廉之衙衙。

前轻辌之锵锵兮,
后辎乘之从从。
载云旗之委蛇兮,

为什么匆忙地另去寻求?

宁戚在车下唱着怨歌,
桓公听了就知道他贤能。
没有了善于相马的伯乐,
如今骏马有谁去品评?

我怅惘、悲泣,陷入沉思:
用心求贤,才会有所得。
我诚心诚意地愿意效忠,
却总是被奸邪的小人阻隔。

但愿能赐还我不肖之躯,让我离去,
我将神游于云天之中。
乘坐着团团翻滚的精气,
去追随熙熙攘攘的神灵;
驾着飘飘飞动的白霓,
穿过满天闪闪的繁星。

左边是朱雀翩翩翱翔,
右边是苍龙蜿蜒飞舞,
跟随的雷师击鼓咚咚,
开路的风伯扫清尘土。

前有轻卧车锵锵作响,
后有辎重车隆隆轰鸣。
车上的云旗迎风舒卷,

扈屯骑之容容。

计专专之不可化兮，
愿遂推而为臧。
赖皇天之厚德兮，
还及君之无恙。

随从的马队走若游龙。

我一片诚心，忠贞不变，
愿更加美好的心意能实现：
仰赖皇天的大德大恩，
保佑君王你无灾无难！

招魂（宋玉）

朕幼清以廉洁兮，
身服义而未沫。
主此盛德兮，
牵于俗而芜秽。

上[1]无所考此盛德兮，
长离殃而愁苦。
帝告巫阳曰：
"有人在下，
我欲辅之。
魂魄离散，
汝筮予之。"

巫阳对曰：
"掌梦。
上帝命其难从。
若必筮予之，
恐后之谢，
不能复用。"

巫阳焉乃下招曰：
魂兮归来！
去君之恒干，
何为四方些？

[1] 上：上天，上帝。

招魂

我自幼以清白廉洁为可贵,
亲行义举,毫不暧昧。
我虽然坚守这些美德,
却荒废、玷污于世俗的牵累。

上天看不到我的美德,
使我长期遭殃受苦。
上帝告诉巫阳说:
"有一个人他在下土,
我想保佑他,
魂魄却已经离散,
你去占卦招还给他。"

巫阳回答说:
"招魂该找掌梦!
您的命令我难以遵从。
如果定要占卦招魂,
恐怕过期躯体腐坏,
招来灵魂也不能再用。"

巫阳于是降临下界招唤道:
"灵魂归来呀!
常住的躯体被扔下,
你为何漂泊走四方?

舍君之乐处,
而离彼不祥些。

魂兮归来,
东方不可以托些!
长人千仞,
惟魂是索些。
十日代出,
流金铄石些。
彼皆习之,
魂往必释些。
归来归来,
不可以托些!

魂兮归来,
南方不可以止些!
雕题黑齿,
得人肉以祀,
以其骨为醢些。
蝮蛇蓁蓁,
封狐千里些。

雄虺九首,
往来倏忽,
吞人以益其心些。
归来归来,
不可以久淫些!

抛弃了你的安乐土,
因而如此遭祸殃。

"灵魂归来呀,
东方不能去安身!
那里有长人千仞高,
专门要抓活人魂。
十个太阳轮流出,
晒得烁石又流金,
长人全都晒惯了,
你去一定会销熔。
归来吧,归来吧,
东方不能去安身!

"灵魂归来呀,
南方歇脚不可以!
南人花额黑牙齿,
割下人肉去祭祀,
人骨细细剁一起。
蝮蛇遍地密如麻,
大狐巡游行千里。

"剧毒雄蛇九个头,
忽来忽往雄赳赳,
为了补心吞人肉。
归来吧,归来吧,
南方不可久停留!

魂兮归来，
西方之害，
流沙千里些！
旋入雷渊，
靡散而不可止些。

幸而得脱，
其外旷宇些。
赤蚁若象，
玄蜂若壶些。

五谷不生，
藂菅是食些。
其土烂人，
求水无所得些。
彷徉无所倚，
广大无所极些。
归来归来，
恐自遗贼些！

魂兮归来，
北方不可以止些！
增冰峨峨，
飞雪千里些。
归来归来，
不可以久些！

"灵魂归来呀,
西方危害多,
流沙遍千里!
卷进雷渊旋涡中,
粉身碎骨难停止。

"即使侥幸能脱险,
外面旷野很荒芜。
红蚁个头如大象,
黑蜂长得像葫芦。

"那里不能长五谷,
丛丛茅草填肚肠。
泥土腐蚀皮和肉,
找水喝也没地方。
徘徊游荡无依傍,
不见边际多迷茫。
归来吧,归来吧,
不归恐怕招祸殃!

"灵魂归来呀,
北方不能去栖止!
冰山层层高接天,
飞雪漫漫连千里。
归来吧,归来吧,
北方久留不可以!

魂兮归来！去君之恒干，何为四方些？

长人千仞，惟魂是索些。

赤蚁若象，玄蜂若壶些。

雕题黑齿，蝮蛇蓁蓁，封狐千里，雄虺九首。

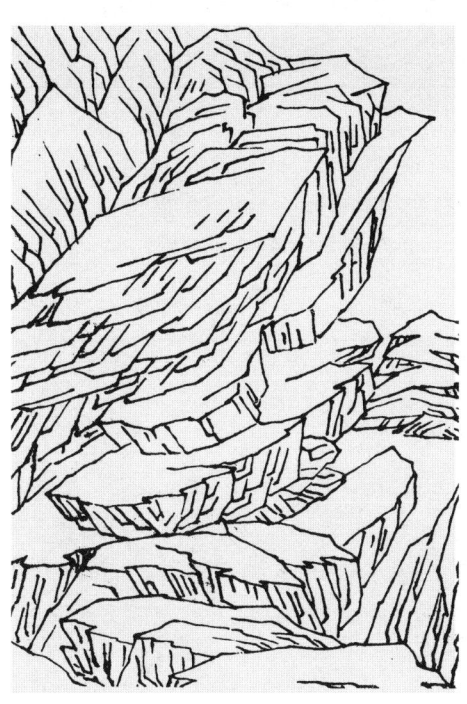

增冰峨峨，飞雪千里些。

虎豹九关，一夫九首，豺狼从目。

参目虎首，其身若牛些。

高堂邃宇，槛层轩些。层台累榭，临高山些。

魂兮归来,
君无上天些!
虎豹九关,
啄害下人些。
一夫九首,
拔木九千些。
豺狼从目,
往来侁侁些。
悬人以娭,
投之深渊些。
致命于帝,
然后得瞑些。
归来归来,
往恐危身些!

魂兮归来,
君无下此幽都些!
土伯九约,
其角觺觺些。
敦脄血拇,
逐人駓駓些。
参目虎首,
其身若牛些。
此皆甘人,
归来归来,
恐自遗灾些!

"灵魂归来呀,
你可别上天!
虎豹把守天门关,
吞吃凡人最凶残。
有条汉子九个头,
一下能拔树九千。
豺狼只只竖着眼,
来来往往没个完。
吊起人来打秋千,
玩够了扔你进深渊。
他向上帝作了报告,
你才能够闭双眼。
归来吧,归来吧,
去了生命有危险!

"灵魂归来呀,
你也不要下阴间!
阴间魔王把关口,
头上有角利又尖。
背肉肥厚爪滴血,
见人就赶跑得欢。
老虎脑袋三只眼,
身板像牛一样宽。
这些魔王吃人肉,
归来吧,归来吧,
别给自己找麻烦!

魂兮归来,
入修门些!
工祝招君,
背行先些。

秦篝齐缕,
郑绵络些。
招具该备,
永啸呼些。
魂兮归来,
反故居些!

天地四方,
多贼奸些。
像设君室,
静闲安些。
高堂邃宇,
槛层轩些。
层台累榭,
临高山些。
网户朱缀,
刻方连些。
冬有突厦,
夏室寒些。
川谷径复,
流潺湲些。

"灵魂归来呀,
要进郢都南大门!
良巫正在招唤你,
倒退领路前面行。

"秦国的笼子齐国的绳,
郑国的笼衣罩竹笼。
招魂用具都齐备,
拉长嗓子叫你魂。
灵魂归来呀,
快回故居得安宁!

"天地四方各角落,
妖魔鬼怪到处钻。
设想呆在你家里,
清静闲适多平安。
高高殿堂深深院,
层层房宇有栏干,
重重楼台叠亭阁,
紧紧靠在高山边。
网状门扇涂红漆,
镂刻方格密相连。
寒冬腊月有暖屋,
酷夏密室沁微寒。
深涧浅溪回环处,
流水不断声潺潺。

光风转蕙，
泛崇兰些。
经堂入奥，
朱尘筵些。

砥室翠翘，
挂曲琼些。
翡翠珠被，
烂齐光些。
蒻阿拂壁，
罗帱张些。
纂组绮缟，
结琦璜些。

室中之观，
多珍怪些。
兰膏明烛，
华容备些。
二八侍宿，
射递代些。

九侯淑女，
多迅众些。
盛鬋不同制，
实满宫些。

容态好比，

丽日和风摇蕙草,
浓浓香气溢丛兰。
经过厅堂入内室,
红棚竹席多光鲜。

"翠羽插在磨砖墙,
玉钩上面挂衣裳。
翡翠珍珠饰被面,
一齐闪闪放光芒。
轻柔细绢遮墙壁,
罗帐高高挂在床。
各色丝绦多漂亮,
结满美玉系帐旁。

"屋里东西真好看,
珍奇宝物数不完。
灯烛明亮兰香溢,
美女等候在两边。
八对女郎陪伴你,
轮流侍候来换班。

"多国淑女一大群,
超凡出众各不同。
发型梳得不一样,
国色天香满后宫。

"容貌姿态多美丽,

顺弥代些。
弱颜固植,
謇其有意些。

姱容修态,
絙洞房些。
蛾眉曼睩,
目腾光些。

靡颜腻理,
遗视矊些。
离榭修幕,
侍君之闲些。

翡帷翠帐,
饰高堂些。
红壁沙版,
玄玉梁些。

仰观刻桷,
画龙蛇些。
坐堂伏槛,
临曲池些。
芙蓉始发,
杂芰荷些。
紫茎屏风,
文缘波些。

风华绝代难寻觅。
外表温柔心志坚,
缱绻缠绵有情意。

"面容姣好体修长,
往来不绝在内房。
眉毛细长眼活泼,
轻轻一瞥闪灵光。

"肌肤细腻脸柔鲜,
秋波暗送意绵绵。
离宫别墅悬大帐,
专门等你去消闲。

"翡翠羽毛做帷帐,
装点高堂挂四方。
朱砂涂出红板壁,
黑玉用来饰房梁。

"仰看橡子齐又多,
方橡上面画龙蛇。
入坐厅堂凭栏处,
下临曲池映碧波。
池里莲花刚开放,
红花白花配绿荷。
紫叶荇菜浮水面,
随波漂荡多婀娜。

文异豹饰,
侍陂陁些。
轩辌既低,
步骑罗些。
兰薄户树,
琼木篱些。
魂兮归来,
何远为些!

室家遂宗,
食多方些。
稻粢穱麦,
挐黄粱些。
大苦咸酸,
辛甘行些。
肥牛之腱,
臑若芳些。
和酸若苦,
陈吴羹些。
胹鳖炮羔,
有柘浆些。
鹄酸臇凫,
煎鸿鸧些。
露鸡臛蠵,
厉而不爽些。
粔籹蜜饵,
有餦餭些。

卫士身穿豹皮服,
四周环立在山坡。
蓬车卧车都集合,
步、骑列队人马多。
丛丛兰草门前种,
行行玉树四面遮。
灵魂归来呀,
远方漂泊却为何!

"家族聚集在一堂,
各种食物摆满房。
大米小米和新麦,
中间还要杂黄粱。
咸的酸的加苦味,
甜、辣也都派用场。
肥牛四肢蹄筋肉,
煮熟炖烂扑鼻香。
酸味苦味相调和,
做成吴味三鲜汤。
清蒸甲鱼烤羊羔,
拌上甘蔗甜汁浆。
醋烹天鹅炖野鸭,
雁鹅鸽鸹煎得香。
大龟炖汤卤鸡肉,
味道虽浓胃不伤。
油煎甜糕蒸蜜饼,
再加美味麦芽糖。

《招魂》原文

青骊结驷兮,齐千乘,悬火延起兮,玄颜烝。步及骤处兮,诱骋先,抑骛若通兮,引车右还。与王趋梦兮,课后先。君王亲发兮,惮青兕。

芙蓉始发,杂芰荷些。紫茎屏风,文缘波些。文异豹饰,侍陂陁些。

菎蔽象棋,有六簿些。分曹并进,遒相迫些。成枭而牟,呼五白些。

室家遂宗,食多方些。肴羞未通,女乐罗些。陈钟按鼓,造新歌些。

瑶浆蜜勺,
实羽觞些。
挫糟冻饮,
酎清凉些。
华酌既陈,
有琼浆些。
归反故室,
敬而无妨些。

肴羞未通,
女乐罗些。
陈钟按鼓,
造新歌些。
《涉江》《采菱》,
发《扬荷》些。
美人既醉,
朱颜酡些。
娭光眇视,
目曾波些。
被文服纤,
丽而不奇些。
长发曼鬋,
艳陆离些。

二八齐容,
起郑舞些。
衽若交竿,

名贵酒浆兑蜂蜜,
雀形酒杯满满装。
滤去酒糟喝冻酒,
甘醇可口又清凉,
豪华酒宴已摆上,
琼浆玉液等你尝。
灵魂快回故居吧,
受人尊敬无灾殃!

"珍羞还没全上桌,
女乐登场节目多。
敲起编钟打起鼓,
大家一起试新歌。
唱了《涉江》唱《采菱》,
最后齐声唱《扬荷》。
美人已经喝醉酒,
红光满面乐呵呵。
目光逗人眯着眼,
水灵的眼睛送秋波。
绣花罗衣穿身上,
华丽大方挺随和。
头发长长鬓角美,
打扮妖艳装饰多。

"八对美女同着装,
跳起郑舞神飞扬。
长襟飘拂相牵连,

抚案下些。
竽瑟狂会，
搷鸣鼓些。
宫庭震惊，
发《激楚》些。
吴歈蔡讴，
奏大吕些。

士女杂坐，
乱而不分些。
放陈组缨，
班其相纷些。
郑、卫妖玩，
来杂陈些。
《激楚》之结，
独秀先些。

菎蔽象棋，
有六簙些。
分曹并进，
遒相迫些。
成枭而牟，
呼五白些。

晋制犀比，
费白日些。
铿钟摇虡，

合着节拍退下场。
竽瑟齐奏如骤雨,
响鼓猛棰敲得忙。
宫庭内外都震荡,
齐唱《激楚》声高昂。
吴地民谣蔡国调,
大吕奏来多悠扬。

"男女交错坐相邻,
互相依傍不区分。
解开衣带脱下帽,
坐位秩序乱纷纷。
郑国妖姬卫国女,
陪坐其间荡人魂。
《激楚》尾声大合唱,
最为出色响入云。

"箭竹筹码象牙棋,
大家来玩六博戏。
分成对手齐头进,
各不相让紧紧逼。
走成枭棋势相当,
呼唤五白心焦急。

"晋国带钩闪金光,
映照白日多辉煌。

挎梓瑟些。

娱酒不废,
沉日夜些。
兰膏明烛,
华镫错些。

结撰至思,
兰芳假些。
人有所极,
同心赋些。
酎饮尽欢,
乐先故些。
魂兮归来,
反故居些!

乱曰:
献岁发春兮,
汩吾南征。
菉蘋齐叶兮,
白芷生。

路贯庐江兮,
左长薄。
倚沼畦瀛兮,
遥望博。

弹奏梓瑟声悠扬。

"饮酒娱乐不稍停,
日夜沉醉在其中。
兰香油膏光明烛,
黄金花样饰华灯。

"酒酣赋诗费脑力,
借助华章抒胸臆。
人们欢乐到极点,
诵读唱和心默契。
畅饮美酒须尽欢,
先辈亡灵带喜气。
灵魂归来呀,
快回故居来休息!"

尾声:
新岁开新春,
我又向南奔。
绿蘋齐长叶,
白芷嫩芽生。

水路穿庐江,
长林在左侧。
沿着沼泽走,
遥望原野阔。

青骊结驷兮,
齐千乘,
悬火延起兮,
玄颜烝。

步及骤处兮,
诱骋先,
抑骛若通兮,
引车右还。
与王趋梦兮,
课后先。

君王亲发兮,
惮青兕。

朱明承夜兮,
时不可淹。
皋兰被径兮,
斯路渐。

湛湛江水兮,
上有枫。
目极千里兮,
伤春心。
魂兮归来,
哀江南!

青马配黑马,
千乘齐奔腾。
点火烧山林,
夜空黑透红。

走到驰马处,
向导跑前边。
跑跑又停停,
驱车向右还。
随王奔梦泽,
比比谁在前。

君王把箭发,
却被犀牛吓。

日出夜已明,
光阴不稍停。
江边兰草地,
小径淹水中。

江水深又蓝,
枫林生岸边。
极目千里远,
伤心在春天。
灵魂归来呀,
哀江南!

译后记

丁 鲁

由于一种难得的缘分，我有机会和吴广平先生共事并成了忘年交。广平也是楚人，而且生长在汨罗：那正是屈原投江之处，也是中国龙舟的故乡——一个富于浪漫主义色彩的地方。他研究楚辞而且已经有丰硕的成果，我是搞诗歌翻译的。共同的"楚人"情结，促使我们联手用白话把楚辞重新译了一遍；而这次翻译是在他的著作《白话楚辞》的译文基础上进行的。

有些人把这件事单纯看做普及性工作，不加重视。但实际上，用现代语言去翻译古代语言的文学作品（特别是诗歌作品），是联系古典文学和现代文学的桥梁。世界各发达国家对此无不加以注意。只有在现代中国，才会出现新诗界、歌词界、古典诗歌界和诗歌翻译界各自为政的怪现象，而这正是需要我们努力去加以克服的。

古典作品的白话翻译，可以有两种出发点：一是将译文单纯作为理解原文的工具；二是将译文当作文学作品来要求，当作白话诗歌来要求，当作白话格律诗来要求。我们准备这个译本，就是出于第二种目的。

本文当然也是从这个角度来对楚辞的白话翻译方法进行研究。这种研究不仅涉及译法本身，而且涉及中国白话诗歌的现状，涉及与中国白话诗歌有关的一系列问题；因为把译文作为文学作品来要求，目的就是着眼于中国诗歌的建设。正由于这个原因，我们就不能不从宏观上对中国诗歌进行整体观察，了解它的过去和现在，明确古典作品的白话翻译对中国诗歌的未来可以起到什么作用；在这一基础上，才有可能进一步探讨与之有关的各种翻译技术。

下面我就想谈谈与这次翻译有关的一些问题。

一

中国的白话创作诗歌，不能说很发达。这句话，我不是从微观方面，而是从宏观方面说的。也就是说，我不是说十年、二十年以内的情况，而是指"五四"时期以来白话诗歌的整体，并且是把它放在诗歌历史长河中来看的。对于中国诗歌的状况，一直就有争论，这争论时断时续。不论是微观地看也好，宏观地看也好，有争论，就说明至今并没有达到统一的认识。而且我以为，光是微观地研究，是解决不了根本问题的。两千多年的中国诗歌史，现代白话的新诗只占了不到一百年。光就这一点而言，说白话新诗还是相当不成熟，恐怕并不过分吧？

自从"五四"时期文体突变（法定的书面语言由文言改为白话）以来，中国诗歌不是没有出过一些好作品，但理论上的许多根本问题一直没有解决。我在下面提到的，也并不是对有关问题的全面概括。

比如说，诗歌的内容和形式之间，究竟是什么关系？在这方面，别的文学艺术部门行得通的原则，似乎一到诗歌部门就行不通。我这里说的当然包括格律问题，但首先是指处理内容与形式关系的总的原则。将对"内容决定形式"的片面理解搬用到诗歌，大大阻碍了诗歌艺术的发展，这已经是一种无法否认的事实了。

又比如说，中国的新诗界在诗歌的基本理论方面，显得相当地薄弱。许多基本概念，相当多的人不甚了了，有的人甚至以为不甚了了是理所当然的。这种情况既不同于中国古代，也不同于西方古代，也不同于西方当代。

又比如说，新诗界很多人以为西方已经"先进"到了什么地步，中国不紧跟就不行。他们看不到，中国过去也有自己的"派"，并不是离开了西方就没有中国的文学史和文化史了。至于"先进"，总还是有个判断的原则吧？

当然我们也不能复古或自我封闭。在开放的时代，各国文化，包括各国文学，彼此的关系已经非常密切，必然互相影响。但影响只是外因，不通过内因还是起不了作用的。那么，中国诗歌，中国文学，中国文化和西洋究竟有些什么不同呢？这个问题不解决，我们就不明白什么叫做"先进"；或者说，不明白什么是我们努力的方向。我们当然应该向西方学习，但不能全盘接受，只能学习其中好的东西和我们能够接受的东西（即使是好东西，有的我们也接受不了。像建基于西方语言的一些诗歌技巧，在汉语中就是无法实现的）。

这些都已经是讲了多年的老话了。

又比如说，我国的古典诗歌研究，这些年来较少针对当前中国诗歌界（新诗界）的实际问题。古典诗歌研究和新诗界的实际问题相结合，过去是有过的：闻一多先生和王力先生，就是突出的代表。可是这种情况，近来就比较少见。中华民族的伟大复兴已经作为一个历史任务摆在我们面前。除了政治上已经站起来、经济上正在复兴之外，不是也要包括文化的复兴吗？

中西的文化和文化的发展史是这样的不同，往往我们在干这个，人家在干那个。现代的中国，不曾经历西方那样的文艺复兴运动。"五四"时期的中国人，并不需要像中世纪的西方人那样重新发现自己的文化传统。恰恰相反，他们正背着传统的沉重包袱。中国的封建社会创造了灿烂的文明，完全不同于欧洲封建社会那样一个极为愚昧黑暗的时代。帝国主义的坚船利炮，打破了"中央帝国"的迷梦，羞辱了中国人引为骄傲的文明。这个文明究竟出了什么问题呢？当时的中国人选择了激烈的批判，这是经过痛苦思索的结果。我们的"五四"运动，和西方的启蒙运动非常相似：也是提倡民主与科学，也是激烈批判传统，也是强烈要求向国外学习。不过"五四"运动是一场更大规模的世界性社会变革条件下的启蒙运动，而它的中坚力量已经是信仰马克思主义的知识分子，这是和西方的启蒙运动不同的。这样一种历史情况，本身就不同于西方当年的启蒙运动。我们怎么能够跟在别人后面亦步亦趋呢！

在这种宏观的时代背景下，中国白话新诗就显得相当单薄了，建设中国诗歌的任务就显得十分艰巨了。

我们的诗歌实践和诗歌研究中，自然也包括诗歌翻译的实践和诗歌翻译方法的研究；其中翻译外国诗歌更多涉及借鉴外国，而翻译古典诗歌就更多涉及继承传统的问题。

二

中国白话新诗的特点之一，是自由诗发达，格律诗不发达。原因何在，众说纷纭。实际上其最主要、最直接的原因，不过是"五四"时期的文体突变，即法定的书面语言由文言突然改为现代白话。

自由诗、格律诗两条腿长期一长一短，对中国诗歌的发展非常不利；而要建设白话格律诗，又不能光靠理论研究，还要进行诗歌实践，包括诗歌翻译的实践。于是白话格律诗的倡导者中有许多人就想通过诗歌翻译来实践他们的格律主张。

因此，现代汉语的诗歌翻译就担负着双重的历史任务：除了翻译具体的诗歌作品之外，还要在白话的诗歌形式方面进行实践，特别是在格律形式方面进行实践。这并非是强加给中国诗歌翻译界的额外负担，反而是中国诗歌翻译界的光荣。

外国格律诗的汉译是如此，中国古典诗歌的白话翻译我想也是如此。我们译楚辞，就是有意识地把它当作白话格律诗的实践来对待的。

三

可是，楚辞究竟算不算格律诗呢？这里并非没有概念上的问题。

新诗界有些人说，唐诗之前的诗歌都是"古典诗歌中的自由诗"，这是因为有些人认为"自由诗也可以押韵"。——可见在谈到实质问题之前，对"格律"和"格律诗"这两个概念多说上几句，很有必要。

提起格律，事实上有两种不同认识：有些人把它理解为一堆问题（像韵，像诗歌节奏，就都是格律问题）；有些人把它理解为某种具体的诗歌体例（像古风和律诗、绝句，就是不同的体例）。第一种理解是分析的，第二种理解是综合的。这不仅在读者中没有统一看法，就是诗人和学者，也是各说各的话。按照第一种理解，唐诗之前的诗歌既然具有鲜明的格律因素，至少应该算是半格律诗、准格律诗；按照第二种理解，那就只有律诗、绝句和词、曲才是格律诗，别的都不算。

我是赞成第一种认识的。综合性的研究往往留下若干没有研究透的死角。像白话诗律中的节奏之所以至今没有吃透，就是强调综合性研究的结果。至于白话诗歌的创作，综合性地倡导某一种体例之不易为诗人接受，接受也不一定出好诗，已为多年的实践所充分证明。诗歌体例并不是天上掉下来的。有严格格律要求的唐诗、宋词、元曲，就是从具有一定格律因素的古代民歌发展而来的。所以，分析性研究的优点，归根结底在于它符合诗歌发展的客观规律。像韵，本来就是一种格律因素，是要有规范的，而自由诗却不应该受格律规范的约束。所以让自由诗和格律完全脱钩，是科学的，也符合各国诗歌的习惯。

四

格律之要素有三，曰节奏，韵，结构。

节奏和韵，应该有一定规范；结构则相反，应该百花齐放。正如盖房子，砖头瓦块要有一定规格，房子的整体设计却要花样翻新。我们的研究方法也要与此相适应：对节奏和韵的研究应该强调建立规范，对结构的研究却应该尽量提供各种形式供诗人参考。

汉语是元音占优势的、有声调的语言，"五四"时期的文体突变对韵影响又不大，所以中国人至今押韵意识很强，而白话格律诗在韵方面也没有太大的问题。至于结构，总应该百花齐放，已如上述。所以我们所面对的问题，主要是在节奏方面。

五

中国古典诗歌有两个节奏传统：一个是黄河流域的中原文化留给我们的"两字一拍"的传统，一个是长江流域的楚文化留给我们的"多缀虚词"的传统。前者的代表作是《诗经》；后者的代表作是楚辞。

汉语是元音占优势的、有声调的语言，它的音节组织形式也比西方语言复杂：元音可以用复合的形式（复元音）或者带上尾辅音来构成韵母，而韵母又有声调的区分。音节的组织形式这样丰富，使单个音节可以负载更多的词语意思。因此在古汉语中，单音词占词汇的绝大多数。

单音词的复杂化，第一步必然是走向双音词。这种双音节化倾向从古汉语就可以发现，到现代汉语中，更已经是确定的事实了。

这也符合诗歌节奏的规律：建基于四字句的《诗经》，就是以两个汉字的字音长度作为一个节奏单位的。比如：

关关雎鸠，在河之洲。

这里连虚字"之"也放在节奏单位开头最重要的地方，纳入了二字节奏。

不过，《诗经》里也偶尔有越出二字节奏的虚字，比如《静女》：

静女其姝，俟我于城隅。

"于"字就是这种越出二字节奏的虚字。

而在楚辞中，虚字就是大量存在的了。像：

帝高阳（之）苗裔（兮），朕皇考（曰）伯庸。

这里的"之"字意思最弱，是虚字，发音大概也是最弱的。"曰"本来是动词，在这里意思弱化了，发音大概也会有所弱化。"兮"也是虚字，可是在这里却反而要加强。至于"帝"字和"朕"字，应该说也有某种程度的弱化（在其他句子中，这个位置一般也弱化，甚至可以没有字，见下例），以致后世发展成为节奏单位前面的轻音、半轻音音节。——这些都不是从吟诵甚至吟唱的角度，而是从中速均匀诵读的角度来说的。可见诗歌节奏模式的建立，其实不应该受到实际吟诵的影响（或者说是干扰）。

从诗句的结构来看，楚辞每句由两个"半句"组成，中间用"兮"连接，而这两个"半句"的基本结构相同。例如：

鸷鸟（之）不群兮，　　（自）前世（而）固然。
（何）方圜（之）能周兮，（夫孰）异道（而）相安！
屈心（而）抑志兮，　　　忍尤（而）攘诟。
（伏）清白（以）死直兮，（固）前圣（之）所厚。

中原文化"两字一拍"的节奏和楚文化"多缀虚词"的节奏相结合，就产生了最初的七言句和三三句（所谓三三句，就是七言句中缺第四个字）。典型的是《山鬼》和《国殇》的句型。比如《山鬼》：

若有人兮山之阿，
被薜荔兮带女萝。

按照楚辞的句式,用"兮"连接的每个"半句"在这里都是三个字;而"兮"就是"啊"。所以这些句子和七言句、三三句可以说基本一致。而七言句的产生,也应该说远早于五言句,因为这种句型在楚辞中就已经有了。我们只要看看汉乐府《平陵东》:

平陵东,松柏桐,
不知何人劫义公?

或者现代的河北民歌《小白菜》:

小白菜,地里黄,
三岁两岁没了娘。

就不仅可以发现它们的一致,也可以看出这种句型的影响是多么深远。不过,河北民歌《小白菜》的实际演唱中是有衬字的:

小白菜(呀),地里黄(呀),
三岁两岁,没了娘(呀)。

如果从词和曲的结合来考察,它实际用的倒是《诗经》的四言节奏。可见四言句和五、七言句之间,一直有着牵扯不断的关系。但诗律研究的不是实际的吟、唱,而是节奏的"模式"。双收(两个字结尾)还是单收(一个字结尾),节奏上的区别是非常大的,不能因为这种历史渊源就加以忽视。从节奏模式来看,可以认为双收的四言句使用的是"纯节奏",每个节奏单位形式相同(虽然它们的实际念法不见得完全一样)。单字结尾的五、七言句,最后一个字实际上念成两个字音长度。这就打破了完全一律的节奏模式,带来了"混合节奏"的因素。因此,单收句的节奏显得更为生动,它大大丰富了中国古典诗歌的节奏,至今仍旧具有蓬勃的生命力。

自从古典诗歌的主流走向使用两字一拍,单字结尾的五、七言句之后,"名缀虚词"的楚辞节奏表面上似乎不大使用了,其实这种节奏传统对后世诗歌的影响是十分深远的。这表现在两方面：

一方面，在这种节奏影响下，产生了各种骈体作品，从赋直到对联，体例不少，时间跨度也很大。其中的不同句式，可以从这种体例高度发展以后的王勃《滕王阁序》中找到。请看：

台隍［枕］夷夏（之）交，
宾主［尽］东南（之）美。

［望］长安（于）日下，
［指］吴会（于）云间。

闾阎扑地，　钟鸣　鼎食（之）家，
舸舰迷津，　青雀　黄龙（之）舳。

落霞［与］孤鹜　齐飞，
秋水［共］长天　一色。

其中打圆括的是轻音的虚字，上下联可以重复；打方括的是轻音、半轻音的字，一般是动词或由动词变成的介词、连词，上下联不重复。这和楚辞的节奏形式是一致的。

由上例可以看出，六字的"指吴会于云间"和"钟鸣鼎食之家"，节奏并不相同；七字的"宾主尽东南之美"和"秋水共长天一色"，以及律诗的七言句节奏，也不相同。可见光计算字数并不能弄清作品的节奏。

另一方面，在民间诗歌中，衬字的使用似乎一直没有断过线。像敦煌无名氏的《忆江南》：

天上月，遥望似一团银。

其中"似"就是越出词牌的衬字。

即使是在两字一拍的文学诗歌作品中，衬字也偶尔留下了一点记录。比如李白的名作《蜀道难》：

蜀道之难，难于上青天。

"之"就是衬字。"蜀道之难"虽然和"在河之洲"表面上一样，其实受到不同诗歌节奏模式的制约，二者节奏安排并不相同。"在河之洲"是双字开头、双字结尾的句子；而《蜀道难》全诗采用单收句型，"蜀道之难"这一句也不例外。在这里，"之"并非正字，只是一个衬字。

衬字能叫做"言"吗？——我是倾向于否定的。也就是说，衬字不算"言"。"蜀道之难"是几言句？我以为是加了一个衬字的三言句，和"在河之洲"那样的四言句完全不同。至于元曲，计算包括衬字的汉字字数，对确定句型是无意义的。所以，像"四六"之类的说法，并不科学。

现代汉语虽然产生了大量轻音和半轻音音节，但由古典诗歌到白话格律诗，在节奏方面的继承性是十分明显的。

六

谈到楚辞的翻译，这里作几点简单的说明。

一、诗节

作为格律诗结构单位的诗节，和韵有密切的关系。楚辞属于长篇作品，里面经常换韵，所以译文有可能引入西洋诗的"诗节"概念。例如《离骚》译文：

我既富于内在的优秀品质，
又有美好的仪容姿态；
披着江离和僻野的芷草，
系着秋兰结成的饰带。（ai 韵）

像担心追不上飞速的激流，
我怕见时光不停地流淌。
我清晨拔取坡上的木兰，

傍晚采集洲头的宿莽。（ang 韵）

匆匆的日月不会停留，
春天和秋天彼此轮替。
想到草木的衰败凋零——
我唯恐美人的青春易逝！（i 韵）

至于什么地方划分诗节（也就是什么地方换韵），我们基本上是根据王力先生的《楚辞韵读》。说"基本上"，并不是说有什么别的原则，只不过是实际译文中有时没有凑好韵脚，只好改一改或者采取变通的办法。但这类地方并不多。

二、韵部

白话诗目前使用的韵部系统是"十三辙"押韵法，和元曲以前的古典诗歌在押韵习惯上有很大不同。用"十三辙"来翻译古典诗歌，可能产生风格上的问题，容易带上元曲和现代口语的韵味。

这个问题要作些具体分析。

其实，"十三辙"怎么用，值得研究的主要是与 i 韵（一七辙）有关的一些地方。zhi、chi、shi、ri、zi、ci、si 归入 i 韵，是古典文学界熟悉的，因为古典诗歌原来就是这样押。er 归入 i 韵，因为它本来念 ni，这也是古典文学界熟悉的。这样押，从白话诗韵的角度来看倒是值得研究。因为现代的语音已经有了很大的变化，er 这个音节实际上和"儿化韵"已经没有什么区别。我们的译文当然完全避免把 er 归入 i 韵。至于现代汉语的"儿化韵"，古典诗歌的译文还是不用为好，我们也没有必要特意去用它。

比较成问题的是韵母 ü（包括 yu、nü、lü、ju、qu、xu 等音节）。现代的韵母 ü 并入 i 韵，古典文学界不大容易接受。按照老习惯，现代属于 ü 韵的字是要和现代属于 u 韵的字相押的。我们自然不能再让现代属于 ü 韵的字和现代属于 u 韵的字相押，但少数和现代属于 i 韵字相押（即将现代的韵母 ü 并入 i 韵）的地方能不能通过古典文学界的检验，还有待观察。不过这种地方相当少，无关大局。

另一件事是前鼻音和后鼻音相互押韵的问题。楚辞是早期的文学作品，押韵但求谐和，相当自由，使用了许多合韵和对转的通韵。特别值得注意的是：有些分属前后鼻音的字，在楚辞中常常相互押韵。《离骚》一开始就有这样的韵脚：

> 皇览揆余初度兮，
> 肇锡余以嘉名。（名，耕部）
> 名余曰正则兮，
> 字余曰灵均。（均，真部）（耕真合韵）

我们将这四句译为：

> 太祖观察我出生的日、时，
> 就通过卦兆赐给我佳名：
> 给我的大名叫做正则啊，
> 给我的表字叫做灵均。

我们这个译文保留了原作的这种特色，不过只限于 en 韵（包括韵母 en、in、un、ün）和 eng 韵（包括韵母 eng、ing、ong、iong）的通押。至今两湖一带和南方许多地区的方言，往往还是把前后鼻音都念成前鼻音。译文中的这种处理，也为它增添了一点地方特色（事实上，像上面这几句，如果硬要在白话译文中区分前后鼻音来用韵，还真是不那么好办呢）。

除此之外，这个译文在韵调方面比较注意。不仅力求同调相押，而且换韵时声调也有变化。这从《橘颂》可以看得很清楚：

> 深固而不可迁徙，
> 志向分外坚贞。
> 绿叶配上白花，
> 多么繁茂喜人。（平声）
>
> 一层层繁枝利刺，
> 果实圆圆滚滚。

色彩青黄错杂,
是文采斑斓的佳品。(上声)

红皮裹着白瓤,
如同怀抱道义。
繁枝修饰得宜,
体态异常美丽。(去声)

三、句长

所谓句长,不是指字数的多少,而是指节奏单位数目的多少。

楚辞句式非常丰富,各篇的句长模式本来就不统一,而在基本句长模式下,字数又常有灵活的变化。此外,由于年代久远带来的各种原因,也产生了不少句型不整齐的现象。处理这类与结构有关的问题,难度很大。

一般说来,白话译文往往比文言的原文要长些。以《离骚》为例,原文每句分为两个"半句",用"兮"连接,每个"半句"的长度为两拍。译文如用这样的长度,就装不下原文词句的意思,因此改为每个"半句"四拍。像:

[原文]　　　　　　　　[译文]
帝高阳之苗裔[兮],　　我是 天帝 高阳的 苗裔啊,
朕皇考曰伯庸。　　　　我的 太祖 就叫做 伯庸。

原文的句式灵活多变,译文自然也应该适当反映这种结构特点。句型译得过于整齐,不见得好。不过这件事很难。特地弄得不整齐,或者为追求多变而搞得矫揉造作,也并不好。

四、文句意思和格律的关系

格律诗的格律规范,对于我们理解原文是一根很好的拐棍,古今中外,莫不如此。有些存在歧义的词句,用格律来对照,比较容易弄清哪种理解是对的,哪种理解是错的。下面举两个例子来说明:

《大招》中的一个例子涉及韵(包括韵调)的作用:

> 田邑千畛，人阜昌只。
> 美冒众流，德泽章只。
> 先威后文，善美明只。
> 魂乎归来！赏罚当只。

"赏罚当只"的"当"，是一个有歧义的字。是理解为"正当、正确"，还是理解为"担当、承担"？——由于这里用的是平韵，所以第二种理解是对的。正因为如此，洪兴祖在注解中才特地标明："当，平声。"

《惜往日》中的另一个例子涉及节奏和句式的作用：

> 秘密事之载心兮，虽过失犹弗治。

这个例子的"秘"和"密"，应该理解为两个单音词："密"是形容词，修饰名词"事"；而"秘"则是一个动词。"秘密"作为一个独立的词，那是后世双音词发展的结果。在楚辞的统一节奏模式中，"秘"字所处的轻音、半轻音位置，是动词通常的位置。这在王逸的注解中也有旁证。他在这一句下面写道："秘，一作移。"而这可以取代"秘"的"移"，正是一个动词。

不过，为了译文的流畅，这些地方不一定全都会译出来。比如"沧浪之水清兮，可以濯我缨"，其中"可以"二字，译文也用的是"可以"，实际上只译了原文的"可"。这也应该是允许的。

五、译文风格问题举例

涉及译文风格的问题相当多，这里不可能全都谈到。我只想举两个作品做例子，这就是《卜居》和《渔父》。

其一是散文体和诗体的夹用。这两篇作品在结构上最大的特点，就是把散文体和诗体夹用在一起。为了突出这样一个重要特点，在译文的书面形式上也作了相应的安排，将诗体部分分行来写，散文体部分则不分行，只分段。像《渔父》：

屈原已经遭到放逐，流落在江边，行吟在湖畔，面色憔悴，形容枯槁。渔翁见了就问道："您不是三闾大夫吗？为什么落到这等地步？"

屈原说道：

"举世皆浊我独清，

众人皆醉我独醒，

所以就被放逐。"

渔翁说道：

"圣人不受外物拘束，

而能赶上世潮。

举世皆浊，

您何不也搅起泥沙、扬起波涛？

众人皆醉，

您何不也去喝酒酿、去吃酒糟？

为什么您要思虑深远、行为清高，

自遭放逐的煎熬？"……

由此可见，书面文字的排列虽然与格律无关，但对于理解作品的风格，也会有很大的作用。

其二是文言作品中有些东西逐字翻译为白话并不一定合适，甚至费力不讨好。其所以如此，是因为这样做往往容易使作品的风格走了样。《卜居》和《渔父》这两篇中的不少词句，细细译为白话，不如保留原样或大体保留原样。像"黄钟毁弃，瓦釜雷鸣"一类的说法，实际上已经进入现代汉语，是完全可以听懂的。逐字译为白话，只会显得罗嗦拖沓。

六、关于译文对原文形象体系的传达

楚辞这部瑰丽的浪漫主义诗篇，使用了一套独特的意象体系，"香草美人"，自古传诵。像"荃""荪""灵修""美人"等，如果意译，就会破坏它原有的意象体系。何况这种意译难免偏离原意。因为原文的具体意象并没有明确指代某人某事，是虚指的，一经具体化，就限制了原意，有时甚至使译文文句意味索然。

所以我们还是尽量保存原来意象。在原文词语不易理解的时候，宁可加注来说明。

七

　　说到这里，关于楚辞的白话翻译已经讲得差不多。可是关于白话格律诗的一些说法，特别是关于节奏和节奏单位的一些说法，却不光涉及白话诗，也不光涉及诗歌翻译。像前面提到有的人认为唐诗以前的古典诗歌都是自由诗，分明也影响到了古典文学的研究，而散文节奏和格律诗节奏是否有区别的问题，也是现代汉语语音学研究的重要课题。这就使我们不能不来探讨一下节奏学理论。但由于篇幅所限，这里只能最简略地说一些结论。

一、散文节奏和格律诗节奏

　　散文节奏和格律诗节奏是两种不同的节奏，不能混为一谈。二者的区别，在于前者没有节奏单位，而后者却建立在节奏单位的基础之上。因此，格律诗节奏研究的只是格律诗的节奏模式。也可以说，它研究的一种模式化的节奏，并不是实际作品和实际诵读中的节奏；而散文节奏的研究是没有节奏模式这样一个层次的。

　　对于这个问题，目前有两种看法值得商榷：一种看法认为散文中也普遍存在节奏单位；另一种看法把节奏单位等同于实际诵读中的停顿，有人甚至把十几个字的一句都当作一个"顿"，实质上是否定了格律诗的节奏单位。

二、节奏的形成

　　对于诗歌而言，具有某种物理特性的音如果有规律地出现，就会形成节奏。

　　语音有四种物理特性：音长、音强、音高、音色。这四种特性，再加上音的消失（即停顿），都可以形成格律诗的广义的节奏感。

　　但是，停顿和不同的音色（韵）只用于句末等少数地方，音高也只在诗句末尾作为韵调（韵脚的声调）来起到加强节律感的作用，它们都无法据以形成普遍的节奏单位。古典诗歌句式中的平仄配置，不能说是一种节奏单位安排；因为其中的平和仄并不是作周期性的反复，而反复恰恰是节奏的特点。所以平仄只能算是一种旋律性因素；而旋律性因素应该是更为丰富多彩的，不能受反复的局限。

在各种形式的节奏中，节奏波的形成，总是借助于音长和音强两个因素。汉语诗歌节奏单位的形成，也不能有悖于这种共同规律。

三、汉语格律诗划分节奏单位的原则

在汉语格律诗的节奏模式中，语音单位（节奏单位和诗句）和语义单位（词语和文句）是基本一致的。这和西洋"音节—重音诗体"完全相反，因为后者表现为语义单位（词语和文句）对语音单位（节奏单位和诗句）的硬性切割。

作为模式化的节奏，中国古典诗歌原则上是把两个字（即两个字音长度，衬字不算）当做一个节奏单位（所谓"两字一拍"）。这是采用音长作为确定节奏单位的基本原则。至于音强，古典诗歌是把它作为诵读因素交给诵读者自行掌握的。

即使是在平仄句式中，这种两字一拍的安排，也是全句、全诗的节奏框架。以最常见的"仄仄平平仄"为例，由于节奏单位安排的不同，可以形成两种完全不同的句式：

```
仄仄  平平  仄           仄  仄平  平仄
白日  依山  尽（王之涣）  念  武陵  人远（李清照）
细草  微风  岸（杜  甫）  看  万山  红遍（毛泽东）
```

前者是近体诗中的五言句,后者是词中的单起句（单字作为领字的句子），节奏完全不同。由此可见，节奏单位的安排对诗歌节奏所起的作用，是十分巨大的。

四、节奏单位的命名——"顿"还是"拍"

现在许多人将汉语格律诗的节奏单位命名为"顿"。这个名字来源于古典诗歌吟诵时的拖音和停顿，一开始就和诵读方式紧密联系。可是作为节奏模式，有关的概念本来就不应该和具体的诵读发生关系；因为诵读虽然要根据基本的节奏模式，但又需要由诵读者作出各人的处理。一句诗，即使每个字停一下，或者完全不停，一口气念到底，都是可以允许的。我们对诵读节奏的评价，只说念得好不好，一般不说念得对不对。而格律就有可能用得不对。可见停顿概念用于节奏单位是值得研究的。

现在所谓"顿",其实只是词语结构。比如"白日／依山／尽","白"和"日"、"依"和"山"结合紧密,"日"和"依"、"山"和"尽"结合不紧密,体现的完全是"义"的单位。但是汉语"词"的界线往往不清楚。古汉语单音词占优势,几乎每个字都是独立的词;现代汉语更复杂,只有"语素"界线清楚,"词"的界线却不清楚。比如:

　　我们　万众　　一心,
　　冒着　敌人的　炮火,
　　前进!

"万众一心"算几个词?如果算一个词,那就是一个词占两个节奏单位;而"敌人的"(名词＋结构助词)却是两个词占一个节奏单位。可见,"顿"作为词语结构,同样很难定出一个明确的标准。

古典诗歌的节奏分析中,就有所谓"三字尾"问题。五、七言句的最后三个字,本来应该安排成2＋1,可是在许多地方,词语却偏偏安排成1＋2。比如:

　　春眠　不觉　晓,(2＋2＋1)
　　处处　闻　啼鸟。(2＋1＋2)

这里产生了两派不同的观点:有些人认为词语怎样安排,节奏单位就应该怎样算,结果无法坚持节奏单位的统一标准;另外一些人则认为"三字尾"应该一律按2＋1对待。我们是同意后一种观点的。这种观点不是把节奏单位当做词语的"义"的单位,而是当做"音"的单位,当做"音长"的单位,因此它分析的对象是中速的、均匀的语流。而这种分析的目的,也不是立即用来指导诵读,而是建立节奏单位的模式。

从音长概念出发,我们把节奏单位命名为"拍",必要时可称为"诗拍"以区别于"乐拍"。

现代汉语已经产生了大量轻音音节,节奏分析自然更加困难。有关的一些问题,这里暂不细述了。

这里还有两点需要说明。

第一是各篇排列的次序。我们这本书把《大招》放在《九辩》之前，是因为广平赞成把《大招》列入屈原的作品，所以排在宋玉的作品前面。

第二是楚辞艺术研究中的某种不确定性。楚辞年代久远，其文本（文字内容）本身就具有不确定性。对文句的考订和理解，歧见甚多。这一切当然给楚辞的翻译带来很大的困难。在这种不确定的背景下，我们的翻译不过是尽力而为，很可能在文句和风格上都相距甚远。

以上就是有关这次翻译的一些情况和想法。希望各位学者、专家和读者不吝赐教！

2001 年 7 月 11 日定稿

2003 年 6 月 14 日、2005 年 10 月 23 日修订

2006 年 12 月 22 日再次修订

丁鲁　1934年生，毕业于北京大学俄罗斯语言文学系，湖南科技大学人文学院中文系教授。1980年开始发表诗歌译作，包括《涅克拉索夫诗选》《叶赛宁抒情诗选》《叶甫盖尼·奥涅金》《克雷洛夫寓言诗全集》等。《中国新诗格律问题》是其用语言学、特别是语音学来研究现代汉语诗歌基本理论和形式问题的专著。著名诗人、翻译家卞之琳曾评其译作"真像原诗的译品"。2006年，其博文《关于中国新诗的若干疑问》发表于人民网。

吴广平　湖南科技大学人文学院中文系教授，硕士研究生导师，湖南省作家协会会员，兼任中国屈原学会常务理事兼副秘书长，中国辞赋学会理事，中国宋玉研究中心学术委员会委员，湖南省屈原学会副会长。出版《白话楚辞》《楚辞全解》《宋玉研究》等多部，点校整理并出版《楚辞集注》《楚辞通释》《楚辞释》。

出 版 人：史宝明
出 品 人：许　永
责任编辑：周亚灵　许宗华
特邀编辑：黎福安
装帧设计：海　云
印制总监：蒋　波
发行总监：田峰峥

投稿信箱：cmsdbj@163.com
发　　行：北京创美汇品图书有限公司
发行热线：010-59799930

创美工厂
官方微博

创美工厂
微信公众平台